你来人间一趟，
你要看看太阳和你的心上人，
一起走在海上。

——海子

海子画传：面朝大海　春暖花开

海子　著

文汇出版社

图书在版编目（CIP）数据

海子画传：面朝大海　春暖花开/海子著 . -- 上海：
文汇出版社，2017.12

ISBN 978-7-5496-2008-1

Ⅰ.①海… Ⅱ.①海… Ⅲ.①诗集 - 中国 - 当代
Ⅳ.① I227

中国版本图书馆 CIP 数据核字（2017）第 031713 号

海子画传：面朝大海　春暖花开

出 版 人 / 桂国强
作　　者 / 海　子
责任编辑 / 乐渭琦
封面装帧 / Topic Design

出版发行 / 文汇出版社
　　　　　上海市威海路 755 号
　　　　　（邮政编码 200041）
经　　销 / 全国新华书店
印刷装订 / 北京凯达印务有限公司
版　　次 / 2017 年 12 月第 1 版
印　　次 / 2017 年 12 月第 1 次印刷
开　　本 / 710 × 1000　1/16
字　　数 / 195 千字
印　　张 / 16

ISBN 978-7-5496-2008-1
定　价：49.80 元

面朝大海

春暖花开

海子

操采菊

序　　一个好诗人，一个天才，
　　　　一个纯粹的人

写诗给所有关心我的人看：I am fine。

《面朝大海 春暖花开》这是海子诗歌里的一次生命的绝唱。既是一种生活态度，又是一种境界！即使是一道最微弱的光，我们也要把它洒向需要温暖的生活。

在一个时代里感觉不到自己声音的回音，与其孤独的活，还不如灿烂的死。

这让我想起熟悉并喜欢的歌手林宥嘉的《说谎》，这首歌似乎在演绎着海子《面朝大海 春暖花开》。我原以为这是世间最美的场景。

期望得到的，都是自己难以得到的。去祝福、许愿的，都是自己没有得到的。

你眼里的美好并不代表这真实的故事。而且往往越是美好就越是残忍。希望、绝望，幸福、悲伤，活力、死心，一起，才是一个人的灵魂，才是这首诗的全部。

他就是一个好诗人，一个天才，一个纯粹的人。他走了一条少有人走的路，可是不曾走过，怎会懂得？人生是一连串体验，海子在自己的人生里，他就像一根火柴，一迸发就瞬间把自己烧尽。

这些经历，成就了一位苦难的灵魂，幸福的诗人。

大变革时代的来临，大爆炸式的创新，新金融新娱乐新商业，正在一步一步慢慢瓦解传统行业；新审美、新技术、新匠人站在消费升级的风口。我找了一批优秀的人，对大家熟悉的海子诗集《面朝大海 春暖花开》重新想象和定义，它可能不再是一本传统意义上的诗集，它可能是一种情绪，更可能是一种生活态度。

我邀请到国内新锐设计师 Silen Tide 亲自操刀，由他亲自甄选海子语录，引领诗歌潮流新设计，让我们聆听海子想要传达给世人却从未说出的话，走进伟大诗人从未被尘世击垮的美好心灵。数百张从未公布的海子照片 duang 给你看。这一次用他的照片讲述自己的故事。照片里有他所留恋的那个世界。还原一个你熟悉但不一定了解的海子。希望女儿长大后有机会读到这本书，我会告诉她：读海子的诗，等于与一个高尚的人在谈话。

孙业钦

二〇一五年六月

那些寂寞的花朵

是春天遗失的嘴唇

地震时天空很安全
伴侣很安全
喝醉酒时酒杯很安全
心很安全

活在这珍贵的人间

泥土高溅

扑打面颊

活在这珍贵的人间

人类和植物一样幸福

爱情和雨水一样幸福

你从远方来，我到远方去
遥远的路程经过这里
天空一无所有
为何给我安慰

今夜我不会遇见你

今夜我遇见了世上的一切

但不会遇见你

当我痛苦地站在你面前

你不能说我一无所有

也不能说我两手空空

今夜我只有美丽的戈壁　空空
姐姐，今夜我不关心人类，我只想你

阳光和雨水只能给你尘土和泥泞
你在伞中，躲开一切
拒绝泪水和回忆

从明天起，做一个幸福的人

喂马，劈柴，周游世界

从明天起，关心粮食和蔬菜

我有一所房子，面朝大海，春暖花开

你是我的　半截的诗
半截用心爱着
半截用肉体埋着
你是我的　半截的诗
不许别人更改一个字

要有最朴素的生活和最遥远的梦想

即使明天天寒地冻，山高水远，路远马亡

是谁这么告诉过你：
答应我
忍住你的痛苦
不发一言
穿过整座城市
远远地走来

面对大河我无限惭愧

我年华虚度　空有一身疲倦

和所有以梦为马的诗人一样

岁月易逝　一滴不剩

雨是一生过错
雨是悲欢离合

看不见你，十六岁的你
看不见无名的，芳香的
正在开花的你

人们啊，所有交给你的

都异常沉重

你要把泥沙握得紧紧

在收获时应该微笑

没必要痛苦地提起他们

没必要忧伤地记住他们

一块孤独的石头坐满整个天空
他说：在这一千年里我只热爱我自己

天上的白云

是谁的伴侣

这城里

我爱着一个人

我爱着两只手

我爱着十只小鱼

跳进我的头发

我最爱煮熟的麦子

谁在这城里快活地走着

我就爱谁

你不用算命
命早就在算你

我将告诉这些在生活中感到无限欢乐的人们

他们早已在千年的洞中一面盾上锈迹斑斑

不要说心中有一个地方
那是我一直不敢梦见的地方

铁打的人也在忍受生活

铁打的人也风雨飘摇

所有的道路都通向天堂

只是要度过路上的痛苦时光

再不提起过去
痛苦与幸福
生不带来　死不带去
唯黄昏华美而无上

遥远的路程是我生命的一部分

有一半是在群山上伴着羊群和雨雪，独自一人守候黎明

有一半下到海底看守那些废弃不用的石头和火

愿有情人终成眷属
愿爱情保持一生
或者相反　极为短暂　匆匆熄灭
愿我从此再不提起

麦地

别人看见你

觉得你温暖，美丽

我则站在你痛苦质问的中心

被你灼伤

我站在太阳　痛苦的芒上

你来人间一趟
你要看看太阳
和你的心上人
一起走在街上

在黑暗的尽头

太阳，扶着我站起来

辑 一　　　　　　　活 在 珍 贵 的 人 间

26　面朝大海，春暖花开

28　活在珍贵的人间

29　幸福的一日

30　我的窗户里埋着一只为你祝福的杯子

31　坐在纸箱上想起疯了的朋友们

32　明天醒来我会在哪一只鞋子里

33　日光

34　北方门前

35　粮食

36　我请求：雨

37　为了美丽

38　城里

39　给母亲（组诗）

42　歌：阳光打在地上

43　幸福（或我的女儿叫波兰）

44　让我把脚丫搁在黄昏中一位木匠的工具箱上

45　肉体（之一）

46　肉体（之二）

47　七月的大海

48　北头七星　七座村庄

49　病少女

50　粮食两节

52　光棍

53　生殖

54　日出

55　灯诗

56　生日

57　黎明和黄昏

辑 二　　　　四　姐　妹

70　新娘

71　爱情故事

72　女孩子

73　海上婚礼

74　妻子和鱼

75　主人

76　得不到你

77　中午

78　写给脖子上的菩萨

79　房屋

80　莲界慈航

81　在昌平的孤独

82　海子小夜曲

83　给你（组诗）

86　给 B 的生日

87　我感到魅惑

88　给安庆

89　长发飞舞的姑娘（五月之歌）

90　灯

91　献诗

92　乳房

93　跳伞塔

94　四行诗

96　折梅

97　四姐妹

98　你和桃花

99　月全食

101　太平洋上的贾宝玉

102　献给太平洋

103　最后一夜和第一日的献诗

辑　三　　　　　　　祖　　　　国

116　亚洲铜

117　村庄

118　麦地

121　春天（断片）

124　歌或哭

125　抱着白虎走过海洋

126　九首诗的村庄

127　十四行：夜晚的月亮

128　祖国（或以梦为马）

130　中国器乐

131　农耕民族

132　历史

133　龙

134　诗集

135　耶稣（圣之羔羊）

136　麦地与诗人

137　重建家园

138　西藏

139　绿松石

140　桃花时节

辑　四　　　　　春　天，十　个　海　子

162　黑风

163　自画像

164　早祷与枭（组诗）

168　马（断片）

171　泪水

172　给1986

173　哭泣

174　石头的病（或八七年）

175　夜晚　亲爱的朋友

176　为什么你不生活在沙漠上

177　夜色

178　我飞遍草原的天空

179　远方

180　在大草原上预感到海的降临

181　花儿为什么这样红

182　遥远的路程

183　黎明（之一）

184　酒杯

185　桃花

186　桃树林

187　春天

190　春天，十个海子

191　黑夜的献诗

辑　五　　　　　日　　　　　记

208　春天

209　黎明

210　大自然

211　七月不远

212　敦煌

213　云朵

214　黎明：一首小诗

215　野花

216　北方的树林

217　晨雨时光

218 昌平柿子树

219 秋日山谷

220 九月的云

221 秋日黄昏

222 星

223 海底卧室

224 冬天

225 黑翅膀

226 雪

227 青海湖

228 日落时分的部落

229 桃花开放

230 太平洋的献诗

231 献诗

辑 六　　　　　梭 罗 这 人 有 脑 子

238 阿尔的太阳

239 给萨福

240 给安徒生（组诗）

241 梭罗这人有脑子（组诗）

244 给托尔斯泰

245 给卡夫卡

246 但丁来到此时此地

247 献给韩波：诗歌的烈士

后 记　　　　　查 曙 明

254 一个真实的海子，和海子弟弟眼里的真实世界

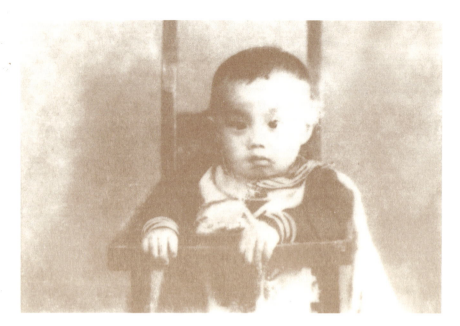

海子周岁照

海子大一时在北京某公园

海子在北京大学未名湖畔

海子十五岁刚进北大时，第一次在天安门前留影

1979年，海子大一时在北京大学图书馆前的留影

1987年秋，海子在北京大红门小村庄（孙理波拍摄）

海子在昌平的宿舍里

辑一　活在珍贵的人间

人 类 和 植 物 一 样 幸 福

爱 情 和 雨 水 一 样 幸 福

面朝大海

从明天起，做一个幸福的人　　　从明天起，和每一个亲人通信

喂马，劈柴，周游世界　　　　　告诉他们我的幸福

从明天起，关心粮食和蔬菜　　　那幸福的闪电告诉我的

我有一所房子，面朝大海，春暖花开　　我将告诉每一个人

春　　暖　　花　　开

给每一条河每一座山取一个温暖的名字

陌生人，我也为你祝福

愿你有一个灿烂的前程

愿你有情人终成眷属

愿你在尘世获得幸福

我只愿面朝大海，春暖花开

活在这珍贵的人间

太阳强烈

水波温柔

一层层白云覆盖着

我

踩在青草上

感到自己是彻底干净的黑土块

活在这珍贵的人间

泥土高溅

扑打面颊

活在这珍贵的人间

人类和植物一样幸福

爱情和雨水一样幸福

活

在

这

珍贵的

人　　间

幸福一日
——致秋天的花楸树

我无限地热爱着新的一日
今天的太阳　今天的马　今天的花楸树
使我健康　富足　拥有一生

从黎明到黄昏
阳光充足
胜过一切过去的诗
幸福找到我
幸福说："瞧　这个诗人
他比我本人还要幸福"

在劈开了我的秋天
在劈开了我的骨头的秋天
我爱你，花楸树

我的窗户里埋着一只为你祝福的杯子

那是我最后一次想起的中午

那是我沉下海水的尸体

回忆起的一个普通的中午

记得那个美丽的

穿着花布的人

抱着一扇木门

夜里被雪漂走

梦中的双手

死死捏住火种

八条大水中

高喊着爱人

小林神，小林神

你在哪里

坐在纸箱上想起疯了的朋友们

旧菊花安全

旧枣花安全

扪摸过的一切

都很安全

地震时天空很安全

伴侣很安全

喝醉酒时酒杯很安全

心很安全

我想我已经够小心翼翼的

我的脚趾正好十个

我的手指正好十个

我生下来时哭几声

我死去时别人又哭

我不声不响地

带来自己这个包袱

尽管我不喜爱自己

但我还是悄悄打开

我在黄昏时坐在地球上

我这样说并不表明晚上

我就不在地球上　早上同样

地球在你屁股下

结结实实

老不死的地球你好

或者我干脆就是树枝

我以前睡在黑暗的壳里

我的脑袋就是我的边疆

就是一颗梨

在我成形之前

我是知冷知热的白花

或者我的脑袋是一只猫

安放在肩膀上

造我的女主人荷月远去

成群的阳光照着大猫小猫

我的呼吸

一直在证明

树叶飘飘

我不能放弃幸福

或相反

我以痛苦为生

埋葬半截

来到封口或山上

我盯住人们死看：

呀，生硬的黄土，人丁兴旺

明天醒来

我会在

哪一只鞋子里

日

光

梨花

在土墙上滑动

牛铎声声

大婶拉过两位小堂弟

站在我面前

像两截黑炭

日光其实很强

一种万物生长的鞭子和血！

北方门前

北方门前
一个小女人
在摇铃

我愿意
愿意像一座宝塔
在夜里悄悄建成

晨光中她突然发现我
她眺起眼睛
她看得我浑身美丽

粮食

埋着猎人的山冈
是猎人生前唯一的粮食

粮食
是图画中的妻子

西边山上
九只母狼
东边山上
一轮月亮

反复抱过的妻子是枪
枪是沉睡爱情的村庄

我请求:

我请求熄灭

生铁的光、爱人的光和

阳光

我请求下雨

我请求

在夜里死去

我请求在早上

你碰见

埋我的人

岁月的尘埃无边

秋天

我请求:

下一场雨

清洗我的骨头

我的眼睛合上

我请求:

雨

雨是一生过错

雨是悲欢离合

雨

为了美丽

为了美丽

我砸了一个坑

也是为了下雨

清亮的积水上

高一只

低一只

小雨儿如鸟

羽毛湿湿

掀动你的红头巾

都是为了美丽

提着裤子的小男孩

那时刻

戴一只黑帽子

城

面对棵棵绿树
坐着
一动不动
汽车声音响起在
脊背上
我这就想把我这
盖满落叶的旧外套
寄给这城里
任何一个人
这城里
有我的一份工资
有我的一份水
这城里
我爱着一个人
我爱着两只手
我爱着十只小鱼
跳进我的头发
我最爱煮熟的麦子
谁在这城里快活地走着
我就爱谁

里

给母亲

（组诗）

1. 风

风很美　果实也美

小小的风很美

自然界的乳房也美

水很美　水啊

无人和你

说话的时刻很美

你家中破旧的门

遮住的贫穷很美

风　吹遍草原

马的骨头　绿了

2. 泉水

泉水　泉水

生物的嘴唇

蓝色的母亲

用肉体

用野花的琴

盖住岩石

盖住骨头和酒杯

3. 云

母亲

老了，垂下白发

母亲你去休息吧

山坡上伏着安静的儿子

就像山腰安静的水

流着天空

我歌唱云朵

雨水的姐妹

美丽的求婚

我知道自己颂扬情侣的诗歌没有了用场

我歌唱云朵

我知道自己终究会幸福

和一切圣洁的人

相聚在天堂

4. 雪

妈妈又坐在家乡的矮凳子上想我
那一只凳子仿佛是我积雪的屋顶

妈妈的屋顶
明天早上
霞光万道
我要看到你
妈妈，妈妈
你面朝谷仓
脚踩黄昏
我知道你日见衰老

5. 语言和井

语言的本身
像母亲
总有话说，在河畔
在经验之河的两岸
在现象之河的两岸
花朵像柔美的妻子
倾听的耳朵和诗歌
长满一地
倾听受难的水

水落在远方

一九八四年；
一九八五年改；
一九八六年再改

阳光打在地上

歌：阳光打在地上

阳光打在地上
并不见得
我的胸口在疼
疼又怎样
阳光打在地上

这地上
有人埋过羊骨
有人运过箱子、陶瓶和宝石
有人见过牧猪人，那是长久的漂流之后
阳光打在地上，阳光依然打在地上

这地上
少女们多得好像
我真有这么多女儿
真的曾经这样幸福
用一根水勺子
用小豆、菠菜、油菜
把她们养大
阳光打在地上

一九八六年

幸福　（或我的女儿叫波兰）

当我俩同在草原晒黑

是否饮下这最初的幸福　最初的吻

当云朵清楚极了

听得见你我嘴唇

这两朵神秘火焰

这是我母亲给我的嘴唇

这是你母亲给你的嘴唇

我们合着眼睛共同啜饮

像万里洁白的羊群共同啜饮

当我睁开双眼

你头发散乱

乳房像黎明的两只月亮

在有太阳的弯曲的木头上

晒干你美如黑夜的头发

让我把脚丫搁在黄昏中一位木匠的工具箱上

我坐在中午，苍白如同水中的鸟

苍白如同一位户内的木匠

在我钉成一支十字木头的时刻

在我自己故乡的门前

对面屋顶的鸟

有一只苍老而死

是谁说，寂静的水中，我遇见了这只苍老的鸟

就让我歇脚在马厩之中

如果不是因为时辰不好

我记得自己来自一个更美好的地方

让我把脚丫搁在黄昏中一位木匠的工具箱上

或者让我的脚丫在木匠家中长成一段白木

正当鸽子或者水中的鸟穿行于未婚妻的腹部

我被木匠锯子锯开，做成木匠儿子

的摇篮。十字架

肉体 （之一）

在甜蜜果仓中
一枚松鼠肉体般甜蜜的雨水
穿越了天空　蓝色
的羽翼

光芒四射

并且在我的肉体中
停顿了片刻

落到我的床脚
在我手能摸到的地方
床脚变成果园温暖的树桩

它们抬起我
在一只飞越山梁的大鸟
我看见了自己
一枚松鼠肉体
般甜蜜的雨水

在我的肉体中停顿
了片刻

肉体

（之二）

肉体美丽

肉体是树林中

唯一活着的肉体

肉体美丽

肉体，远离其他的财宝

远离其他的神秘兄弟

肉体独自站立

看见了鸟和鱼

肉体睡在河水两岸

雨和森林的新娘

睡在河水两岸

垂着谷子的大地上

太阳和肉体

一升一落，照耀四方

像寂静的

节日的

财宝和村庄

照耀

只有肉体美丽

野花，太阳明亮的女儿

河川和忧愁的妻子

感激肉体来临

感激灵魂有所附丽

（肉体是野花的琴

盖住骨骼的酒杯）

感激我自己沉重的骨骼

也能做梦

肉体是河流的梦

肉体看见了采茴香的人迎着泉水

肉体美丽

肉体是树林中

唯一活着的肉体

死在树林里

迎着墓地

肉体美丽

老乡们，谁能在海上见到你们真是幸福！

我们全都背叛自己的故乡

我们会把幸福当成祖传的职业

放下手中痛苦的诗篇

今天的白浪真大！老乡们，它高过你们的粮仓

如果我中止诉说，如果我意外地忘却了你

把我自己的故乡抛在一边

我连自己都放弃　更不会回到秋收　农民的家中

在七月我总能突然回到荒凉

赶上最后一次

我戴上帽子　穿上泳装　安静地死亡

在七月我总能突然回到荒凉

七　月　的　大　海

北斗七星七座

村庄　水上运来的房梁　漂泊不定

还有十天　我就要结束漂泊的生涯

回到五谷丰盛的村庄　废弃果园的村庄

村庄　是沙漠深处你所居住的地方　额济纳！

村庄

——献给萍水相逢的额济纳姑娘

秋天的风早早地吹　秋天的风高高地吹

静静面对额济纳

白杨树下我吹灭你的两只眼睛

额济纳　大沙漠上静静地睡

额济纳姑娘　我黑而秀美的姑娘

你的嘴唇在诉说　在歌唱

五谷的风儿吹过骆驼和牛羊

翻过沙漠　你是镇子上最令人难忘的姑娘

病少女

白蛾子像美丽

黄昏的伤口

在诗人的眼里想起黄昏

听见村庄在外被风吹拂

当你一家三口走下月台

我端坐车中

如月球居民

病少女　无遮拦的盐碱地上的风

吹在你脸上

病少女　清澈如草

眉目清朗，使人一见难忘

听见了美丽村庄被风吹拂

我爱你的生病的女儿，陌生的父亲

一九八七年二月

粮食

两节

I.

在人类的遭遇中
在远方亲人的手中
为什么有这样简朴
而单一的粮食
仿佛它饶恕了我们
仿佛以粮食的名义
它理解了我们
安慰了我们

2. 谷

"谷"字很奇怪　说粮食——"谷"
这仿佛是诗人的一句话诗人的创造
粮食——头顶大火——下面张开嘴来

粮食　头上大火　下面或整个身躯是嘴　张开
大火熊熊的头颅和嘴
粮食

光

棍

神秘客人那位食玉米担玉米　草筐中埋着牛肝的那光棍

在春天用了一把大火

烧光家园　使众人受伤

大家伤心唏嘘不已

空得叮当响的酒柜上

光棍光芒万丈

老英雄

走上前来

抱住那光棍

坐在黄昏

歌唱江山

布满眼泪

夜间雨从天堂滴落，滴到我的青色眼皮上

那夜的森林之门洞开若火焰咬在大腿上

一只长吻伸过万里动物的湖泊

人类咬紧牙关　音乐历历有声

四月之麦在黎明大雾弥漫中露出群仙般脑壳

雷声中闪出一万只青蛙

血液的红马本像水　流过石榴和子宫

林子破了

人破口大骂

破门而出的感觉

构筑一个无人停留的小岛

我将告诉这些在生活中感到无限欢乐的人们

他们早已在千年的洞中一面盾上锈迹斑斑

生

殖

——见于一个无比幸福的早晨的日出

日

在黑暗的尽头

太阳，扶着我站起来

我的身体像一个亲爱的祖国，血液流遍

我是个完全幸福的人

我再也不会否认

我是一个完全的人我是一个无比幸福的人

我全身的黑暗因太阳升起而解除

我再也不会否认　天堂和国家的壮丽景色

和她的存在……在黑暗的尽头！

出

灯，从门窗向外生活

灯啊是我内心的春天向外生活

黑暗的蜜之女王

向外生活，"有这样一只美丽的手向外生活"

火种蔓延的灯啊

是我内心的春天一人放火

没有火光，没有火光烧坏家乡的门窗

春天也向外生长

度过炎炎大火的一颗火

却被秋天遍地丢弃

让白雪走在酒上享受生活

灯诗

你是灯

是我胸脯上的黑夜之蜜

灯，怀抱着黑夜之心

烧坏我从前的生活和诗歌

灯，一手放火，一手享受生活

茫茫长夜从四方围拢

如一场黑色的大火

春天也向外生长

还给我自由，还给我黑暗的蜜、空虚的蜜

孤独一人的蜜

我宁愿在明媚的春光中默默死去

"有这样一只美丽的手在酒上生活"

要让白雪走在酒上享受生活

生

日

起风了

太阳的音乐　太阳的马

你坐在近处　坐在远方

像鱼群跟着渔夫　长出了乳房

葡萄牙村庄　长出了乳房

牧羊人的皮鞭　长出了乳房

当我们住在秋天

大地上刮起了秋风

秋天的雨　一阵又一阵

你坐在近处　坐在远方

那时我们多么寂寞

多么遥远啊？

而现在是生日

我点亮烛火点亮新娘的两只耳朵

其他的人和马的耳朵

竖在北方——那一夜的屋顶

黄昏自我断送

夜色美好

夜色在山上越长越大

马与羊　钻出石头　在山上越长越大

白雪飘落　在这个黄昏

向我隐隐献出

她们自己

—— 两 次 嫁 妆 ， 两 位 姐 妹

我的秘密的女神

我该用怎样的韵律

告诉你，侍奉你

我该用怎样的流血

在山头舔好自己的伤口

了望一望无际的大地

以此慰藉

以"遗忘"为伴侣

我将把自己带出那些可以辨认嘴脸的火把之光

从此踏上无可救药的道路

把肉体当作草原上最后的帐篷

那些神秘的编织女人

纺轮被黄昏的天空映得泛红

血液颜色的轮轴　一夜作响

我屈从于她们

死于剑下的晚霞的姐妹

在夜色中起飞

我屈从于黄昏秘密的飞行

肉体回到黑夜的高空

两半血红的月亮抱在一起

迟至今日

我仍难以诉说

那些背叛父母和家园

却热爱生活的人

为什么要和我结伴上路

我的青春　我的几卷革命札记

被道路上的难民镌刻在一只乞讨生活的木碗上

那只碗曾盛过殷红如血的晚霞和往日一切生活

在死到临头

他是否摔碎

还是留传孩子

晚霞燃烧

厄运难逃

我在人生的尽头

抱住一位宝贵的诗人痛哭失声

却永远无法更改自己的命运

我就是那位被人拥抱的奇人

宝贵的诗人

看见晚霞映照草原

内心痛苦甚于别人

人类犹如黄昏和夜晚的灰烬

散布在河畔　忧伤疲倦

人类犹如火种的脚　在大地上行走

晚霞充满大火

和焦味。一望无际　　　　　愿有情人终成眷属

伸展在平原和荒凉的海滩　　愿麦子和麦子长在一起

两半血红的月亮抱在一起　　愿河流与河流流归一处

那是诗人孤独的王座

　　　　　　　　　　　　　浩瀚无际的河水顺着夜色流淌

　　　　　　　　　　　　　神秘的流浪国王

　　　　　　　　　　　　　在夜色中回到故乡

　　　　　　　　　　　　　城市破碎

　　　　　　　　　　　　　流浪的国王

　　　　　　　　　　　　　我为你歌唱

　　　　　　　　　　　　　夜色使平原广大　使北方无限　使烈火吹遍

　　　　　　　　　　　　　把北方无尽的黄昏抬向滚滚高空

　　　　　　　　　　　　　黎明更高　铺在海洋上

海子在北戴河。就是在此地，他写下《面朝大海　春暖花开》

海子在北戴河

海子在四川省万县

海子在四川

海子在四川

海子在西藏

海子和一平、王恩中在西藏的合影

辑二　四姐妹

我 爱 过 的 这 糊 涂 的 四 姐 妹 啊

像 爱 着 我 亲 手 写 下 的 四 首 诗

新

娘

故乡的小木屋、筷子、一缸清水

和以后许许多多日子

许许多多告别

被你照耀

今天

我什么也不说

让别人去说

让遥远的江上船夫去说

有一盏灯

是河流幽幽的眼睛

闪亮着

这盏灯今天睡在我的屋子里

过完了这个月，我们打开门

一些花开在高高的树上

一些果结在深深的地下

爱　　　情

两个陌生人　　　　　　　　　　　　两个猎人
朝你的城市走来　　　　　　　　向这座城市走来
　　　　　　　　　　　　　　　　向王后走来

今天夜晚　　　　　　　　　　　身后哒姆哒姆
语言秘密前进　　　　　　　　　　迎亲的鼓
直到完全沉默　　　　　　　代表无数的栖息与抚摸

完全沉默的是土地　　　　　　　　两个陌生人
传出民歌沥沥　　　　　　　　　　从不说话
淋湿了　　　　　　　　　　　向你的城市走来
此心长得郁郁葱葱　　　　　　是我的两只眼睛

故事

女

她走来

断断续续地走来

洁净的脚印

沾满清凉的露水

她有些忧郁

望望用泥草筑起的房屋

望望父亲

她用双手分开黑发

一枝野樱花斜插着默默无语

另一枝送给了谁

却从没人问起

春天是风

秋天是月亮

在我感觉到时

她已去了另一个地方

那里雨后的篱笆像一条蓝色的

小溪

孩

子

海湾

蓝色的手掌　　　　　　或者如传说那样

睡满了沉船和岛屿　　　　我们就是最早的

一对对桅杆　　　　　　　两个人

在风上相爱　　　　　　　住在遥远的阿拉伯山崖后面

或者分开　　　　　　　　苹果园里

　　　　　　　　　　　　蛇和阳光同时落入美丽的小河

风吹起你的　　　　　　　你来了

头发　　　　　　　　　　一只绿色的月亮

一张棕色的小网　　　　　掉进我年轻的船舱

撒满我的面颊

我一生也不想挣脱　　　上

海　　　　　　　婚　　　礼

妻

子 和 鱼

我怀抱妻子

就像水儿抱鱼

我一边伸出手去

试着摸到小雨水，并且嘴唇开花

而鱼是哑女人

睡在河水下面

常常在做梦中

独自一人死去

我看不见的水

痛苦新鲜的水

流过手掌和鱼

流入我的嘴唇

水将合拢

爱我的妻子

小雨后失踪

水将合拢

没有人明白她水上

是妻子水下是鱼

或者水上是鱼

水下是妻子

离开妻子我

自己是一只

装满淡水的口袋

在陆地上行走

主人

你在渔市上
寻找下弦月
我在月光下
经过小河流

你在婚礼上
使用红筷子
我在向阳坡
栽下两行竹

你的夜晚
主人美丽
我的白天
客人笨拙

得不到

你

得不到你

我用河水做成的妻子

得不到你

我的有弱点的妇女

得不到你

妻子滑动河水

情意泥沙俱下

其余的家庭成员俯伏在锅勺上

得不到你

有弱点的爱情

我们确实被太阳烤焦，秋天内外

我不能再保护自己

我不能再

让爱情随便受伤

得不到你

但我同时又在秋天成亲

歌声四起

中

午

中午是一丛美丽的树枝　　　　看着你从门前走过　　　　写字间里
中午是一丛眼睛画成的树枝　　或是走进我的门　　　　中午是一丛眼睛画成的
　　　看着你　　　　　　　　　　　　　　　　　　　　　　看着你

　　　　　　　　　　　　　　走进门

　　　　　　　　　　　　　　你在

　　　　　　　　　　　你在一生的情义中

　　　　　　　　　　　　　来到

　　　　　　　　　　　　落下布帆

　　　　　　　仿佛水面上我握住你的手指

　　　　　　　　　　（手指是船）

　　　　　　　　　　　心上人

　　　　　　　　　　爱着，第一次

　　　　　　　　　　都很累，船

　　　　　　　　泊在整个清澈的中午

　　　　　　　　　　"休喝水吧

　　　　　　　　　　我给你倒了

　　　　　　　　　　一碗水"

写给脖子上的菩萨

呼吸，呼吸

我们是装满热气的

两只小瓶

被菩萨放在一起

菩萨是一位很愿意

帮忙的

东方女人

一生只帮你一次

这也足够了

通过她

也通过我自己

双手碰到了你，你的

呼吸

两片抖动的小红帆

含在我的唇间

菩萨知道

菩萨住在竹林里

她什么都知道

知道今晚

知道一切恩情

知道海水是我

洗着你的眉

知道你就在我身上呼吸，呼吸

菩萨愿意

菩萨心里非常愿意

就让我出生

让我长成的身体上

挂着潮湿的你

房

屋

你在早上　　　　　　你不要不承认

碰落的第一滴露水

肯定和你的爱人有关　巨日消隐，泥沙相合，狂风奔起

你在中午饮马　　　　那雨天雨地哭得有情有意

在一枝青丫下稍立片刻　而爱情房屋温情地坐着

也和她有关　　　　　遮蔽母亲也遮蔽儿子

你在暮色中

坐在屋子里，不动　　遮蔽你也遮蔽我

还是与她有关

七叶树下

九根香

照见菩萨的

第一次失恋

你盘坐莲花

　　　　女友像鱼

　　　　游过钟的身边

　　　　我警告你

　　　　要假设一个情人

莲　　　莲花轻轻摇动

　　　　　　你不需要香火

　　　　　　你知道合掌无用

界　　　　　没有一位好心肠的男青年

　　　　　　偷偷送来鞋子

　　　　　　你盘坐莲花

慈　　　　　对面墙壁上

　　　　　　爱情是两只老虎

　　　　　　如果你愿意

航　　　　　爱情确实是老虎

　　　　　　莲花轻轻摇动

在昌平的孤独

孤独是一只鱼筐

是鱼筐中的泉水

放在泉水中

孤独是泉水中睡着的鹿王

梦见的猎鹿人

就是那用鱼筐提水的人

以及其他的孤独

是柏木之舟中的两个儿子

和所有女儿，围着诗经桑麻沅湘木叶

在爱情中失败

他们是鱼筐中的火苗

沉到水底

拉到岸上还是一只鱼筐

孤独不可言说

海子

小　夜　　　曲

以前的夜里我们静静地坐着

我们双膝如木

我们支起了耳朵

我们听得见平原上的水和诗歌

这是我们自己的平原，夜晚和诗歌

如今只剩下我一个

只有我一个双膝如木

只有我一个支起了耳朵

只有我一个听得见平原上的水

　　诗歌中的水

在这个下雨的夜晚

如今只剩下我一个

为你写着诗歌

这是我们共同的平原和水

这是我们共同的夜晚和诗歌

是谁这么说过　海水

要走了　要到处看看

我们曾在这儿坐过

给你

（组诗）

I.

在赤裸的高高的草原上

我相信这一切：

我的脚，一颗牝马的心

两道犁沟，大麦和露水

在那高高的草原上，白云浮动

我相信天才，耐心和长寿

我相信有人正慢慢地艰难地爱上我

别的人不会，除非是你

我俩一见钟情

在那高高的草原上

赤裸的草原上

我相信这一切

我相信我俩一见钟情

2.

我爱你

跑了很远的路

马睡在草上

月亮照着他的鼻子

3.

爱你的时刻

住在旧粮仓里

写诗在黄昏

我曾和你在一起

在黄昏中坐过

在黄色麦田的黄昏

在春天的黄昏

我该对你说些什么

黄昏是我的家乡

你是家乡静静生长的姑娘

你是在静静的情义中生长

没有一点声响

你一直走到我心上

4.

当她在北方草原摘花的时候

我的双手驶过南方水草

用十指拨开

寂寞的家门

她家木门下几个姐妹的脸

亲人的脸

像南方的雨

真正的雨水

落在我头上

5.

冬天的人

像神一样走来

因为我在冬天爱上了你

给 B 的 生 日

天亮我梦见你的生日
好像羊羔滚向东方
——那太阳升起的地方

黄昏我梦见我的死亡
好像羊羔滚向西方
——那太阳落下的地方

秋天来到，一切难忘
好像两只羊羔在途中相遇
在运送太阳的途中相遇
碰碰鼻子和嘴唇
——那友爱的地方
那秋风吹凉的地方
那片我曾经吻过的地方

一九八六年九月十日

我　感　　　　　　　　　　　　到

天上的音乐不会是手指所动

手指本是四肢安排的花豆

我的身子是一份甜蜜的田亩

我感到魅惑

我就想在这条魅惑之河上渡过我自己

我的身子上还有拔不出的春天的钉子

我感到魅惑

美丽女儿，一流到底

水儿仍旧从高向低

坐在三条白蛇编成的篮子里

我有三次渡过这条河

我感到流水滑过我的四肢

一只美丽鱼婆做成我缄默的嘴唇

我看见，风中飘过的女人

在水中产下卵来

一片霞光中露出来的长长的卵

我感到魅惑

满脸草绿的牛儿

倒在我那牧场的门厅

我感到魅惑

有一种蜂箱正沿河送来

蜂箱在睡梦中张开许多鼻孔

有一只美丽的鸟面对树枝而坐

我感到魅惑

我感到魅惑

小人儿，既然我们相爱

我们为什么还在河畔拔柳哭泣

魅惑

给安庆

五岁的黎明

五岁的马

你面朝江水

坐下

四处漂泊

向不谙世事的少女

向安庆城中心神不定的姨妹

打听你，谈论你

可能是妹妹

也可能是姐姐

可能是姻缘

也可能是友情

玫瑰谢了，玫瑰谢了

如早嫁的姐妹飘落，飘落四方

我红色的姐姐，我白色的妹妹

大地和水挽留了她们　熄灭了她们

她们黯然熄灭，永远沉默却是为何？

姐妹们，你们能否告诉我

你们永久的沉默是为了什么

长发飞舞的黑眼睛姑娘

不像我的姐姐　也不像妹妹

不似早嫁的姐妹迟迟不归

如今我坐在街镇的一角

为你歌唱，远离了五谷丰盛的村庄

长 发 飞 舞 的 姑 娘

（五月之歌）

灯

我们坐在灯上

我们火光通明

我们做梦的胳膊搂在一起

我们栖息的桌子飘向麦地

我们安坐的灯火涌向星辰

灯光，我明丽又温暖

的橘黄的雪

披上新娘的微黄的发辫

（灯

只有你

你仿佛无鞋

你总是行色匆匆）

灯，你的名字

掌在我手上

灯，月亮上

亮起的心

和眼睛

灯

躲在山谷

躲在北方山顶的麦地

灯啊

我们做梦的房子飘向麦田

桌子上安放求婚的杯盏

祈求和允诺的嘴唇

是灯

灯

一丛美丽

暖和

一个名字

我的秘密

我的新娘

叫小灯

灯

明天的雪中新娘

安坐在屋中

你为什么无鞋

你为什么

竖起一根通红的手指

挡住出嫁日期

献诗　——给 S

谁在美丽的早晨　　　　天上的白云
谁在这一首诗中　　　　是谁的伴侣

谁在美丽的火中　飞行　谁身体黑如夜晚　两翼雪白
并对我有无限的赠予　　在思念　在鸣叫

谁在炊烟散尽的村庄　　谁在美丽的早晨
谁在晴朗的高空　　　　谁在这一首诗中

乳　　　　　　　　　房

在城外荒山野岭之上　　四季之风常吹的地方　　柔和甘美的蜜形成

我在一个北方的寂寞的上午
一个北方的上午
思念着一个人

我是一些诗歌草稿
你是一首诗

我想抱着满山火红的杜鹃花
走入静静的跳伞塔

我清楚地意识到
前面就是一条大河
和一个广大的北方草原

美丽总是使我沉醉

跳

伞

塔

已经有人
开始照耀我
在那偏僻拥挤的小月台上
你像星星照耀我的路程
在这座山上
为什么我只看见这么一棵
美丽的杜鹃?

我只看见这么一棵
果然火红而美丽

我在这个夜晚
我住在山腰
房子里
我的前面充满了泉水
或溪涧之水的声音

静静的跳伞塔
心醉的屋子　你打开门
让我永远在这幸福的门中

北方那片起伏的山峰
远远的
只有九棵树

1. 思念

像此刻的风

骤然吹起

我要抱着你

坐在酒杯中

2. 星

草原上的一滴泪

汇集了所有的愤怒和屈辱

泪水，走遍一切泪水

仍旧只是一滴

四

行

诗

3. 哭泣

天鹅像我黑色的头发在湖水中燃烧

我要把你接进我的家乡

有两位天使放声悲歌

痛苦地拥抱在家乡屋顶上

4. 大雁

绿蒙蒙的草原上

一个美好少女

在月光照耀的地方

说　好好活吧，亲爱的人

5.

当强盗留下遗言后

夜深独坐，把地牢当作果园

月亮吹着一匹强盗的马

流淌着泪水

6. 海伦

盲诗人荷马

梦着　得到女儿

看得见她　捧着杯子

用我们的双眼站在他面前

折

梅

站在那里折梅花

山坡上的梅花

寂静的太平洋上一封信

寂静的太平洋上一人站在那里折梅花

折梅人在天上

天堂大雪纷纷　一人踏雪无痕

天堂和寂静的天山一样

大雪纷纷

站在那里折梅

亚洲，上帝的伞

上帝的斗篷，太平洋

太平洋上海水茫茫

上帝带给我一封信

是她写给我的信

我坐在茫茫太平洋上折梅，写信

四姐妹

荒凉的山冈上站着四姐妹
所有的风只向她们吹
所有的日子都为她们破碎

空气中的一棵麦子
高举到我的头顶
我身在这荒芜的山冈
怀念我空空的房间，落满灰尘

我爱过的这糊涂的四姐妹啊
光芒四射的四姐妹
夜里我头枕卷册和神州
想起蓝色远方的四姐妹
我爱过的这糊涂的四姐妹啊
像爱着我亲手写下的四首诗
我的美丽的结伴而行的四姐妹
比命运女神还要多出一个
赶着美丽苍白的奶牛　走向月亮形的山峰
到了二月，你是从哪里来的
天上滚过春天的雷，你是从哪里来的
不和陌生人一起来
不和运货马车一起来
不和鸟群一起来

四姐妹抱着这一棵
一棵空气中的麦子
抱着昨天的大雪，今天的雨水
明日的粮食与灰烬
这是绝望的麦子
请告诉四姐妹：这是绝望的麦子
永远是这样
风后面是风
天空上面是天空
道路前面还是道路

你和桃花

旷野上头发在十分疲倦地飘动

像太阳飞过花园时留下的阳光

温暖而又有些冰凉的桃花

红色堆积的叛乱的脑髓

部落的桃花，水的桃花，美丽的女奴隶啊

你的头发在十分疲倦地飘动

你脱下像灯火一样的裙子，内部空空

一年又一年，埋在落脚生根的地方

刀在山厦上呼喊"波浪"

你就是桃花，层层的波浪

我就是波浪和灯光中的刀

旷野上　一把刀的头发像灯光明亮

刀的头发在十分疲倦地飘动

那就是桃花，我们在愤怒的河谷滋生的欲望

围着夕阳下建设简陋的家乡

桃花，像石头从血中生长

一个火红的烧毁天空的座位

坐着一千个美丽的女奴，坐着一千个你

一九八七年草稿
一九八九年三月十四日改　　　　海子画传：面朝大海　春暖花开　　　　98

月

全

食

我的爱人住在县城的伞中

我的爱人住在贫穷山区的伞中，双手捧着我的鲜血

一把斧子浸在我自己的鲜血中

火把头朝下在海水中燃烧

我的愚蠢而残酷的青春

是同胞兄弟和九个魔鬼

他一直走到黑暗和空虚的深处

火光明亮，我像一条河流将血红的头颅举起

又喧哗着，放到了海水下面

大海的波浪，回到尘土中去

草原上的天空，回到尘土中去

我将你们美丽的骨头带到村头

挂上妻子们的脖子

我的庄园在山顶上越来越寂静

寂静！我随身携带的万年的闪电

暴君，宝剑和伞

混沌中的嘴和剑、鼓、脊椎

暴君双手捧着宝剑，头颅和梅花

在早晨灿烂，信任我的肋骨

天生就是父亲的我

回到尘土中去吧

将被废弃不用

黑色的鸟群，内部团结

内部团结的黑夜

在草原的天空上，黑色羽毛下黑色的肉

黑色的肉有一颗暗红色的星

一群鸟比一只鸟更加孤独

鸟群的父亲，鸟群唯一的父亲

铁打的人也在忍受生活

铁打的人也风雨飘摇

所有的道路都通向天堂

只是要度过路上的痛苦时光

那一天我正走在路上

两边的荒草，比人还高

遥远的路程是我生命的一部分

有一半是在群山上伴着羊群和雨雪，独自一人守候黎明

有一半下到海底看守那些废弃不用的石头和火

那些神秘的母亲们

我看见这景色中只有我自己被上帝废弃不用

我构成我自己，用一个人形，血肉用花朵与火包围着

空虚的混沌

我看见我的斧子闪现着人类劳动的光辉

也有疲倦和灰尘

遥远的路程

作为国土我不能忍受

我在这遥远的路程上

我自己的牺牲

我不能忍受太多的秘密

这些全都是你的

潮湿的冬天双手捧给你的

这个全身是雨滴的爱人

这个在闪电中心生活的暴君

也看见姐妹们正在启程

一九八九年一月草稿
一九八九年三月九日删

贾宝玉　太平洋上的贾宝玉

太平洋上：粮食用绳子捆好

贾宝玉坐在粮食上

太　平　洋　上　的　贾　玉　宝

美好而破碎的世界

坐在食物和酒上

美好而破碎的世界，你口含宝石

只有这些美好的少女，美好而破碎的世界，旧世界

只有茫茫太平洋上这些美好的少女

太平洋上粮食用绳子捆好

从山顶洞到贾宝玉甩尽了多少火和雨

献给

太　　平　　洋

我的婚礼染红太平洋

我的新娘是太平洋

连亚洲也是我悲伤而平静的新娘

你自己的血染红你内部孤独的天空

上帝悲伤的新娘，你自己的血染红

天空，你内部孤独的海洋

你美丽的头发

像太平洋的黄昏

最后一夜
和
第一日
的
献诗

今夜你的黑头发

是岩石上寂寞的黑夜，

牧羊人用雪白的羊群

填满飞机场周围的黑暗

黑夜比我更早睡去

黑夜是神的伤口

你是我的伤口

羊群和花朵也是岩石的伤口

雪山　用大雪填满飞机场周围的黑暗

雪山女神吃的是野兽穿的是鲜花

今夜　九十九座雪山高出天堂

使我彻夜难眠

一九八九年一月十六日草稿

一九八九年一月二十四日改　　辑二　四姐妹

1979 年，海子和北大同班部分同学在香山合影

北京海淀红艺

海子和七九级（2）班同学们的合影

1983 年，海子和北大同班好友的合影

1983 年 7 月，北大法律系七九级（2）班毕业留念

北京大学法律系 1983 届毕业照（三排左 21 为海子）

届毕业生留念 1980.6

1983 年，海子在北大法律系七九级（2）班的毕业纪念册上的留言及签名

海子的北大毕业证书

海子获得文艺创作奖一等奖

海子获得第三届《十月》文学奖荣誉奖

生前好友孙理波与海子的合影

这是诗人马哲拍的。1987年秋，海子同事孙理波与海子在十三陵神路的合影

1986 年，海子和刘广安（北大法律系同班同学兼同事）
在昌平铁路上的合影

辑 三　祖 国

和 所 有 以 梦 为 马 的 诗 人 一 样

我 也 愿 意 将 自 己 埋 葬 在 四 周 高 高 的 山 上　守 望 平 静 家 园

亚洲铜，亚洲铜

祖父死在这里，父亲死在这里，我也将死在这里

你是唯一的一块埋人的地方

亚洲铜，亚洲铜

爱怀疑和爱飞翔的是鸟，淹没一切的是海水

你的主人却是青草，住在自己细小的腰上，守住野花的手掌和秘密

亚　　　　　洲　　　　　铜

亚洲铜，亚洲铜

看见了吗？那两只白鸽子，它是屈原遗落在沙滩上的白鞋子

让我们——我们和河流一起，穿上它吧

亚洲铜，亚洲铜

击鼓之后，我们把在黑暗中跳舞的心脏叫作月亮

这月亮主要由你构成

一九八四年十月　　　　海子画传：面朝大海　春暖花开

村庄

村庄里住着　　　　芦花丛中

母亲和儿子　　　　村庄是一只白色的船

儿子静静地长大　　我妹妹叫芦花

母亲静静地注视　　我妹妹很美丽

吃麦子长大的
在月亮下端着大碗
碗内的月亮
和麦子
一直没有声响

和你俩不一样
在歌颂麦地时
我要歌颂月亮

月亮下
连夜种麦的父亲
身上像流动金子

月亮下
有十二只鸟
飞过麦田
有的衔起一颗麦粒
有的则迎风起舞，矢口否认

看麦子时我睡在地里
月亮照我如照一口井
家乡的风
家乡的云
收聚翅膀
睡在我的双肩

麦浪——
天堂的桌子
摆在田野上
一块麦地

麦

地

收割季节

麦浪和月光

洗着快镰刀

月亮知道我

有时候比泥土还要累

而青涩的情人

眼前晃动着

麦秸

我们是麦地的心上人

收麦这天我和仇人

握手言和

我们一起干完活

合上眼睛，命中注定的一切

此刻我们心满意足地接受

妻子们兴奋地

不停用白围裙

擦手

这时正当月光普照大地。

我们各自领着

尼罗河、巴比伦或黄河

的孩子　在河流两岸

在群蜂飞舞的岛屿或平原

洗了手

准备吃饭

就让我这样把你们包括进来吧

让我这样说

月亮并不忧伤

月亮下

一共有两个人

穷人和富人

纽约和耶路撒冷

还有我

我们三个人

一同梦到了城市外面的麦地

白杨树围住的

健康的麦地

健康的麦子

养我性命的妻子！

0.

一匹跛了多年的

红色小马

躺在我的小篮子里

故乡晴空万里

故乡白云片片

故乡水声汩汩

我的红色小马躺在小篮子里

就像我手心的红果实

听不见窗户下面

生锈的声音

就像一把温暖的果实

1.

我的头随草起伏

如同纸糊的歪灯

我的胳膊是

一条运猫的小船

停在河岸

一条草

看见走过来的

干净的身子

不多

春

天

2.

远方寂寞的母亲

也只有依靠我这

负伤的身体。母亲

望着猎户消匿的北方

刮断梅花

窗户长久地存满冰块

村子中间

淘井的门前

说话的依旧在轻声说话

树林中孤独的父亲

正对我的弟弟细细讲清：

你去学医

因为你哥哥

那位受伤的猎户

星星在他脸上

映出船样的伤疤

（断片）

3.

两个温暖的水勺子中

住着一对旧情人

4.

突然想起旧砖头很暖和

想起河里的石子

磨过森林的古鹿之唇

想起青草上花朵如此美丽如此平庸

背对着短树枝

你只有泪水没有言语

而我

手缠树叶

春天的阳光晒到马尾

马的屁股温暖得像一块天上落下的石头

5.

春天是农具所有者的春天

长花短草

贴河而立

这些都是在诗人的葬礼上

隔水梦见一扇门

诗人家中的丑丫头

嫁在南山上

6.

最后的夜雪如孩

手指拨开水

我就在这片乌黑的屋顶上坐下

是不是这片村庄

是不是这个夜晚

有人在头顶扔下

一匹蓝色大马

就把我埋在

这匹蓝色大马里

7.

有伤的季节

拖着尾巴

来到

大家来到

我肉体的外面

我把包袱埋在果树下
我是在马厩里歌唱
是在歌唱

木床上病中的亲属
我只为你歌唱
你坐在拖鞋上
像一只白羊默念拖着尾巴的
另一只白羊
你说你孤独
就像很久以前
长星照耀十三个州府
的那种孤独
你在夜里哭着
像一只木头一样哭着
像花色的土散着香气

或

歌   哭

抱着白虎走过海洋

倾向于宏伟的母亲
抱着白虎走过海洋

陆地上有堂屋五间　　　倾向于故乡的母亲
一只病床卧于故乡　　　抱着白虎走过海洋

　　　　　　　　　　　扶病而出的儿子们
　　　　　　　　　　　开门望见了血太阳

　　　　　　　　　　　倾向于太阳的母亲　　　左边的侍女是生命
　　　　　　　　　　　抱着白虎走过海洋　　　右边的侍女是死亡

　　　　　　　　　　　　　　　　　　　　　　倾向于死亡的母亲
　　　　　　　　　　　　　　　　　　　　　　抱着白虎走过海洋

诗的九首村庄

秋夜美丽

使我旧情难忘

我坐在微温的地上

陪伴粮食和水

九首过去的旧诗

像九座美丽的秋天下的村庄

使我旧情难忘

大地在耕种

一语不发，住在家乡

像水滴、丰收或失败

住在我心上

十四行：夜晚的月亮

推开树林
太阳把血
放入灯盏

我静静坐在
人的村庄
人居住的地方

一切都和本原一样
一切都存入
人的世世代代的脸
一切不幸

我仿佛
一口祖先们
向后代挖掘的井。
一切不幸都源于我幽深而神秘的水

祖国

（或以梦为马）

我要做远方的忠诚的儿子

和物质的短暂情人

和所有以梦为马的诗人一样

我不得不和烈士和小丑走在同一道路上

万人都要将火熄灭　我一人独将此火高高举起

此火为大　开花落英于神圣的祖国

和所有以梦为马的诗人一样

我藉此火得度一生的茫茫黑夜

此火为大　祖国的语言和乱石投筑的梁山城寨

以梦为上的敦煌——那七月也会寒冷的骨骼

如雪白的柴和坚硬的条条白雪　横放在众神之山

和所有以梦为马的诗人一样

我投入此火　这三者是囚禁我的灯盏　吐出光辉

万人都要从我刀口走过　去建筑祖国的语言

我甘愿一切从头开始

和所有以梦为马的诗人一样

我也愿将牢底坐穿

众神创造物中只有我最易朽　带着不可抗拒的死亡的速度

只有粮食是我珍爱　我将她紧紧抱住　抱住她

在故乡生儿育女

和所有以梦为马的诗人一样

我也愿将自己埋葬在四周高高的山上　守望平静家园

面对大河我无限惭愧

我年华虚度　空有一身疲倦

和所有以梦为马的诗人一样

岁月易逝　一滴不剩　水滴中有一匹马儿

一命归天

千年后如若我再生于祖国的河岸

千年后我再次拥有中国的稻田　和周天子的雪山

天马踢踏

和所有以梦为马的诗人一样

我选择永恒的事业

我的事业　就是要成为太阳的一生

他从古至今——"日"——他无比辉煌无比光明

和所有以梦为马的诗人一样

最后我被黄昏的众神抬入不朽的太阳

太阳是我的名字

太阳是我的一生

太阳的山顶埋葬　诗歌的尸体——千年王国和我

骑着五千年凤凰和名字叫"马"的龙——我必将失败

但诗歌本身以太阳必将胜利

中 国

锣鼓声

镲镲

音乐的墙壁上所有的影子集合

去寻找一个人

一个善良的主人

镲镲

去寻找中国老百姓

泪水镲镲

器 乐

中国器乐用泪水寻找中国老百姓

秦腔

今夜的闪电

一条条

跳入我怀中，跳入河中

蛇皮二胡拉起。

南瓜地里沾满红土的

孩子思乳的哭声

夜空漫漫长长

哭吧

鱼含芦苇

爬上岸来准备安慰　　　　断断续续的口弦声钻入港口的外国船舱

但是　　　　　　　　　　第一水手呆了

哭吧　　　　　　　　　　第二水手呆了

瞎子阿炳站在泉边说　　　那些歌曲钉在黄发水手的脑袋上

月亮今夜也哭得厉害

农耕民族

在发蓝的河水里
洗洗双手
洗洗参加过古代战争的双手
围猎已是很遥远的事
不再适合
我的血
把我的宝剑
盔甲
以至王冠
都埋进四周高高的山上
北方马车
在黄土的情意中住了下来

而以后世代相传的土地
正睡在种子袋里

历史

我们的嘴唇第一次拥有

蓝色的水

盛满陶罐

还有十几只南方的星辰

火种

最初忧伤的别离

岁月呵

你是穿黑色衣服的人

在野地里发现第一枝植物

脚插进土地

再也拔不出

那些寂寞的花朵

是春天遗失的嘴唇

岁月呵,岁月

公元前我们太小

公元后我们又太老

没有人见到那一次真正美丽的微笑

但我还是举手敲门

带来的象形文字

撒落一地

岁月呵

岁月

到家了

我缓缓摘下帽子

靠着爱我的人

合上眼睛

一座古老的铜像坐在墙壁中间

青铜浸透了泪水

岁月呵

黄色的月光

奇怪又空荡

远方就是你一无所有的地方

     风吹来的方向

     庄稼

     音乐

     船

     龙听着

     火光

     在高原上

     云朵

     家乡

     原来的地方

         草原蒙水

         罐   龙

            天下龙听着

            水流汩汩

诗集

诗集

珠宝的粪筐

母牛的眼睛把她的手搁在诗集上

忧伤的灯把她的手搁在诗集上

没有一棵树是我的

感觉之树因而叫唤

诗集，穷人的叮当作响的村庄

第一台酒柜抬入村庄

诗集，我嘴唇吹响的村庄

王的嘴唇做成的村庄

耶

（　　　圣　　　之　　　羔　　　羊　　　）

稣

从罗马回到山中

铜嘴唇变成肉嘴唇

在我的身上　青铜的嘴唇飞走

在我的身上　羊羔的嘴唇苏醒

从城市回到山中

回到山中羊群旁

的悲伤

像坐满了的一地羊群

一九八七年十二月二十八日夜　　辑三　祖国

麦地与诗人

询问

在青麦地上跑着
雪和太阳的光芒

答复

诗人，你无力偿还　　麦地
麦地和光芒的情义　　别人看见你
　　　　　　　　　　觉得你温暖，美丽

一种愿望　　　　　　我则站在你痛苦质问的中心
一种善良　　　　　　　　被你灼伤
你无力偿还　　　　　我站在太阳　痛苦的芒上

你无力偿还　　　　　麦地
一颗放射光芒的星辰　神秘的质问者啊
在你头顶寂寞燃烧

　　　　　　　　　　当我痛苦地站在你的面前
　　　　　　　　　　你不能说我一无所有
　　　　　　　　　　你不能说我两手空空

　　　　　　　　　　麦地啊，人类的痛苦
　　　　　　　　　　是他放射的诗歌和光芒！

在水上　放弃智慧

停止仰望长空

为了生存你要流下屈辱的泪水

来浇灌家园

生存无须洞察

大地自己呈现

用幸福也用痛苦

来重建家乡的屋顶

放弃沉思和智慧

如果不能带来麦粒

请对诚实的大地

保持缄默　和你那幽暗的本性

风吹炊烟

果园就在我身旁静静叫喊

"双手劳动

慰藉心灵"

重　建　家　园

西藏

西藏，一块孤独的石头坐满整个天空

没有任何夜晚能使我沉睡

没有任何黎明能使我醒来

一块孤独的石头坐满整个天空

他说：在这一千年里我只热爱我自己

一块孤独的石头坐满整个天空

没有任何泪水使我变成花朵

没有任何国王使我变成王座

绿

松

石

这时候　绿色小公主
来到我的身边。

青海湖，绿色小公主
你曾是谁的故乡
你曾是谁的天堂？

当一只雪白的鸟
无法用翅膀带走
人类的小镇
——它留在肮脏的山梁。

和水相比　土地是多么肮脏而荒芜
绿色小公主抹去我的泪水，
说，你是年老的国土上
一位年轻的国王，老年皇帝会伏在你的肩头死去。
土地张开又合拢。

桃

桃花开放

太阳的头盖骨动一动，火焰和手从头中伸出

一群群野兽舔着火焰　刀

走向没落的河谷尽头

割开血口子。他们会把水变成火的美丽身躯

水在此刻是悬挂在空气的火焰

但在更深的地方仍然是水

翅膀血红，富于侵略

那就是独眼巨人的桃花时节

独眼巨人怀抱一片桃林

时

他看见的　全是大地在滔滔不绝地纵火

他在一只燃烧的胃的底部

与桃花骤然相遇

互为食物和王妻

在断头台上疯狂地吐火

花

乳房吐火

挂在陆地上

从笨重天空跌落的

撞在陆地上　撞掉了头撞烂了四肢

在春天　在亿万人民中间　在群兽吐火的地方

她们产生了幻觉

群兽吐火长出了花朵

群兽一排排　肉包着骨　长成树林

吐火就是花朵　多么美丽的景色

你在一种较为短暂的情形下完成太阳和地狱

内在的火，寒冷无声地燃烧

生出了河流两岸大地之上的姐妹

朝霞和晚霞

无声地在山峦间飘荡

我俩在高原　在命运三姐妹无声的织机织出的牧场上相遇

一九八七年初稿
一九八八年初改
一九八八年底再改
一九八九年三月十四日再改　　辑三　祖国

1989年，海子的遗体告别现场

"悼海生"祭文："海生，安徽怀宁独秀同乡人。十五之龄腾飞于未名湖畔，二十五之年陨落于山海关下。海生以短暂年华纵横于文、史、哲、美、法诸学科之间，而以诗作横绝于世。海生前期的诗，美而纯；海生后期的诗，奇而烈。其美胜于夏花，其纯近于晶莹，其奇若万丈晨曦从天而降，其烈似千百星球凌空而炸。海生的诗将是中国诗史上的一个可望而不可及的奇峰。海生将不只是一个时代的诗人，而是一个世纪的诗人；将不只是一个中国的诗人，而是一个世界的诗人。他的名字在世界诗史上，将会与拜伦、雪莱、莱蒙托夫同列。海生的死因将是一个永远的谜！殉情乎？殉诗乎？殉难乎？殉道乎？其后识者再察之。呜呼！海生同窗衰之哉！痛之哉！"

（本祭文于1989年4月2日写于秦皇岛，4月5日修订于北京，4月12日晚宣读于中国政法大学老校教学楼207教室"海子追思会"。后应法大学生之邀，发表于《法大人》2001年3月26日。）

刘广文

中国政法大学博士生导师

海子遗像及遗物

海子生前的遗物

在家乡怀宁，海子小时候和伙伴们经常钓鱼和玩耍的地方

海子最初的墓

海子的二弟查曙明、三弟查训成在立海子墓石碑

2009 年，诗人卧夫出资修筑的海子墓

2015 年 4 月，出版人孙业钦与海子弟弟查曙明在海子墓前合影

2015 年 4 月，出版人孙业钦在海子墓前祭拜海子

海子家乡正在建设中的海子太阳墓

海子故居

海子母亲在海子遗像前诵经

海子母亲做的腊八粥

海子的父母在家门前合影

海子的三个弟弟与父母合影

海子的家人于2015年在海子故居前拍的全家福

海子父母与同学好友及怀宁县领导在海子故居前合影

外地诗人访问海子故居

2015 年 9 月 20 日，下午，在安徽怀宁县查湾，访问了海子的故居，在海子的墓前送了一束菊花。

上次见到海子是 1986 年 6 月，研究生毕业前夕与广安兄一起去了昌平的政法大学宿舍，在海子的宿舍住了一晚上，三个人就着午餐肉罐头和黄瓜喝了顿啤酒，唠了那个时代时髦的诗歌、文化等话题。临别之际，背对着山洞，在铁路上分别和海子照了张合影。海子给了我和广安兄一人一份他的手刻油印的诗集。之后，我离开北京去了外地，再未谋面。三年后，海子自杀在山海关。

海子是八十年代诗歌的顶峰，也是一个终结者。海子之后，是中国漫长至今的无诗歌非文化时代，世界只剩下了物质和浮躁的人群。

1983 年，海子和北大法律系同班同学郭巍的合影

海子在诗歌史上留下了优美纯净的一页,供当代迷思的人们,特别是年轻人去阅读。他的诗歌有时也能让一些人明白,人活着或者死了,还存在一种叫作精神的价值,而不是只有物欲。幸运的是,越来越多的青年学生,开始喜欢有品位的诗歌,海子成为大家膜拜的神。每逢海子的忌日,这里成为诗歌的圣坛,四面八方来的诗歌爱好者,在这里聚集,朗诵诗歌,在海子的墓地守夜。

怀宁是文化之乡,名人之乡。陈独秀、邓稼先等名士数以百计。海子是最年轻的。历任党政领导都注重宣传海子,对其故居、坟墓给予修缮,照顾海子年迈的双亲,海子是怀宁、安庆的骄傲和名片。最近,新的海子诗歌园规划完成,预计明年完工。一个诗歌的圣坛,将以其完整的物质形态,奉献给逐渐苏醒的中国诗歌世界。

这会是一个诗歌归来的标志,还是她终将湮灭的最后的挽歌?

郭巍
(亚洲产业科技创新联盟
中国产业科技创新委员会主席)

郭巍与怀宁县委书记郭宋满在海子故居前的合影

家乡正在建设中的海子纪念馆

海子家乡即将建成的海子纪念馆

辑四　春天，十个海子

大 风 从 东 刮 到 西， 从 北 刮 向 南， 无 视 黑 夜 和 黎 明

你 所 说 的 曙 光 究 竟 是 什 么 意 思

掠过田野的那黑风

那第四次的

口粮和旗帜

就要来了！

聚拢的马群将被劫走

星星将被吹散

他在所有的脚印上覆盖

一种新的草药

遗忘的就要永远被遗忘了

窗子忧伤地关上了

有一两盏橘黄朴素的灯也要熄灭

他们来了

他们是黑色的风

后来他们表达了一种失败的东西

他们留下苦苦创生的胚芽

他们哭了

把所有的人哭醒之后

又走了

走得奇怪

以后所有的早晨都非常奇怪

马儿长久地奔跑，太阳不灭，物质不灭

苹果突然熟了

还有一些我们熟悉的将要死去

我们不熟悉的慢慢生根

人们啊，所有交给你的

都异常沉重

你要把泥沙握得紧紧

在收获时应该微笑

没必要痛苦地提起他们

没必要忧伤地记住他们

黑

风

自画像

镜子是摆在桌上的
一只碗
我的脸
是碗中的土豆
嘿，从地里长出了
这些温暖的骨头

早祷

与

枭

（组诗）

I.

早祷时刻

请你接住我，枭

用胸脯接住我

你要忍痛带走我

　　我是赠给你的爱情

　　我是赠给你的子弹

2.

钟声，钟声响了

眼睛全部打开

我变成一只船

死在沙漠的枭

其实也足以死在

二十丈桅杆上

一匹意外的骆驼带水而来

3.

哭声从船的那一头传到

这一头

装满了新娘

她们搓手而坐

焦黄的脸

留下居住的只有瞳仁

放光的瞳仁

河岸上

几个小偷走过来

几个小偷是树

月亮被枭泪洗过又洗

4.

岁月吹落了四季之帽

——埋下

淡色的花朵盛开

只为小痛小苦

在土地上

傻张着嘴

他不言又不语

枭，枭又不能怎样？

"呀，谁愿意与我

一前一后走过沼泽

派一个人先死

另一个完成埋葬的义务"

5.

在这个时刻

永远分别是唯一的理由

6.

死后

风抬着你

火速前进

十指

在风中

张开如枭住的小巢

死后

几只枭

分吃了你

小南风细细如笛地吹在

下午

所有的小蜻蜓

都找不到你的坟墓

8.

早祷，早祷三遍

黎明是一条亮丽之虹

吃下了无数灯

他变得更加明亮

他一头一尾

沉落在四方

沉落在你的肩膀上

你揉揉眼睛

一只小枭

爬出窗户

获得天空

7.

太阳太远了

否则我要埋在那里

9.

早祷，早祷四遍
要想着爱情的黄昏、黄昏
牧羊人的绝壁上
太阳
一葬就是千里

枭，飞过来，飞过来
这时辰已属于你
结巢，结缘
已黑的天空坐满了头顶
多少次
人间的寻找
其实是防止丢失

10.

杂乱之翅尚未长成
也好
我苦坐苦等
我的身体是一家院子
你进入时不必声张

11.

早祷时刻
七个未婚的老头子
躺在床上
眉毛挂着霜地
梦到了枭

马

0.

……而你无知的母亲

还是生下了你

总有一天

你我相遇

（断片）

而那无知的马受惊的马一跃而起

踏碎了我

1.

太阳，吐血的母马
她一头倒在
我身上
我全身起了大火

因此我四肢在空中燃烧，翻腾
碰到一匹匹受伤的马阵亡的马
你还在上面，还在上面
我的沉重的身子却早在下沉
一路碰撞
接着双手摸到的只有更低处的谷子
还有平原的谷仓
你还在上面，在上面，而平原的谷仓坍塌
匆匆把我掩埋

2.

燃烧的马，拉着尸体，冲出了大地
所行的路上
大马的头颅
拖着人头
晃动
如几株大麦
挡不住！

3.

当另一批白色马群来到
破门而入
倒在你室内的地上
久久昏睡不醒
久久

要知道
她们跑过了许多路
她们——
我诗歌的女儿
就只好破门而入

蒙古的城市噢
青色的城

4.

我就是那疯狂的、裸着身子
　　驮过死去诗人的
　　马
整座城市被我的创伤照亮
斜插在我身上的无数箭枝
被血浸透
就像火红的玉米

最后的山顶树叶渐红

群山似穷孩子的灰马和白马

在十月的最后一夜

倒在血泊中

在十月的最后一夜

穷孩子夜里提灯还家　泪流满面

一切死于中途　在远离故乡的小镇上

在十月的最后一夜

背靠酒馆白墙的那个人

问起家乡的豆子地里埋葬的人

在十月的最后一夜

问起白马和灰马为谁而死……鲜血殷红

他们的主人是否提灯还家

秋天之魂是否陪伴着他

他们是否都是死人

都在阴间的道路上疯狂奔驰

是否此魂替我打开窗户

替我扔出一本破旧的诗集

在十月的最后一夜

我从此不再写你

泪

水

给

1 9 8 6

"就像两个凶狠的僧侣点火烧着了野菊花地

——这就是我今年的心脏"

（或者绿宝石的湖泊中马匹淹没时仅剩的头颅）

马脑袋里无尽的恐惧！无尽的对于水和果实的恐惧！

"（当我摇着脖子漫游四方

你的嘴唇像深入果园的云彩）

（而我脑袋中残存着马头的恐惧

对于嘴唇和果实的恐惧）"

"（我那清凉的井水

洗着我的脚像洗着两件兵器）

（天鹅的遗骸远远飞来

墓地的喇叭歌唱一个在天鹅身体上砍伐的人）"

哭泣——一朵乌黑的火焰

我要把你接进我的屋子

屋顶上有两位天使拥抱在一起

哭泣——我是湖面上最后一只天鹅

黑色的天鹅像我黑色的头发在湖水中燃烧

用你这黑色肉体的谷仓带走我

哭泣——一朵乌黑的新娘

我要把你放在我的床上

我的泪水中有对自己的哀伤

哭

泣

石头的病 （或八七年）

石头的病　疯狂的病

不可治疗的病

不会被理会的病

被大理石同伙

视为疾病的石头

可制造石斧

以及贫穷诗人的屋顶

让他不再漂泊　四海为家

让他在此处安家落户

此处我就是那颗生病的石头的心

让他住在你的屋顶下

听见生病的石头屋顶上

鸟鸣清晨如幸福一生

石头的病　疯狂的病

石头打开自己的门户　长出房子和诗人

看见美丽的你

石头竞相生病

我身上一块又一块

全部生病——全变成了柔弱的心

不堪一击

如果石头健康

如果石头不再生病

从遍是石头的荒野中长出一位美丽女人　　他哪会开花

那是石头的疾病——万物的疾病　　如果我也健康

石头怎么会在荒野的黑暗中胀开　　如果我也不再生病

石头也会生病　长出鲜花和酒杯　　也就没有命运

一九八七年十月　　　海子画传：面朝大海　春暖花开　　　174

夜晚 亲爱的朋友

在什么树林，你酒瓶倒倾
你和泪饮酒，在什么树林，把亲人埋葬

在什么河岸，你最寂寞
搬进了空荡的房屋，你最寂寞，点亮灯火

什么季节，你最惆怅
放下了忙乱的箩筐
大地茫茫，河水流淌
是什么人掌灯，把你照亮

哪辆马车，载你而去，奔向远方
奔向远方，你去而不返，是哪辆马车

一九八七年五月二十日黄昏　　　辑四　春天，十个海子

为什么你不生活在沙漠上

英雄的可怜而可爱的伴侣

我那唯一人在何方?

用酒调着火所能留下的灰　写下几首诗?

我的形象开始上升

主宰着你的心灵!

孤独守候着

一个健康的声音!

为 什 么 你 不 生 活 在 沙 漠 上

绝望之神　你在何方?

为什么你不生活在沙漠上!

我是谁手里磨刀的石块?

我为何要把赤子带进海洋

海子躺在地上

天空上

海子的两朵云

说:

你要把事业留给兄弟　留给战友

你要把爱情留给姐妹　留给爱人

你要把孤独留给海子　留给自己

夜色

在夜色中

我有三次受难：流浪、爱情、生存

我有三种幸福：诗歌、王位、太阳

我飞遍草原的天空

草原上的天空不可阻挡

互相击碎的刀剑飞回家乡

佩在姐妹的脖子上

让乳房裸露，子夜的金银顺河流淌

月亮啊　月亮

把新娘的尸体抬到草原上

一只野花的杯子里　鬼魂千万

"我死在野花杯中　我也是一条命啊"

不可饶恕草原上的鬼魂

不可饶恕杀人的刀枪

不可饶恕埋人的石头

更不可饶恕　天空

我从大海来到落日的正中央

飞遍了天空找不到一块落脚之地

今日有粮食却没有饥饿

今天的粮食飞遍了天空

找不到一只饥饿的腹部

饥饿用粮食喂养

更加饥饿，奄奄一息

草原的天空不可阻挡

今天有家的　必须回家

今天有书的　必须读书

今天有刀的　必须杀人

草原的天空不可阻挡

一九八八年八月十三日拉萨　　　海子画传：面朝大海　春暖花开

远方除了遥远一无所有

远

遥远的青稞地
除了青稞　一无所有

方

更远的地方　更加孤独
远方啊　除了遥远　一无所有

这时　石头
飞到我身边

石头　长出　血
石头　长出　七姐妹

站在一片荒芜的草原上

那时我在远方
那时我自由而贫穷

这些不能触摸的　姐妹
这些不能触摸的　血
这些不能触摸的　远方的幸福
远方的幸福　是多少痛苦

一九八八年八月十九日萨迦夜，
二十一日拉萨　　　　　　　辑四　春天，十个海子

在大草原上预感到海的降临

我的双手触到草原，　　　　多么温暖的火红的岩石

黑色孤独的夜的女儿。　　　多么柔软地躺在马车上

　　　　　　　　　　　　　月亮形的马，进入了海底。

我为我自己铺下干草

夜的女儿，我也为你。　　　一夜之间，草原是如此遥远，如此深厚，如此神秘。

　　　　　　　　　　　　　海也一样，

牧羊女打开自己——　　　　一夜之间，

一只黑色的羊　　　　　　　草贴着地长，

蹲伏在你的腹部。　　　　　你我都是草中的羊。

花儿

为什么

这样红

透过泪水看见马车上堆满了鲜花。

豹子和鸟，惊慌地倒下，像一滴泪水

——透过泪水看见

马车上堆满了鲜花。

风，你四面八方

多少绿色的头发，多少姐妹

挂满了雨雪。

坐在夜王为我铺草的马车中。

黑夜，你就是这巨大的歌唱的车辆

围住了中间

说话的火。

一夜之间，草原如此深厚，如此神秘，如此遥远

我断送了自己的一生

在北方悲伤的黄昏的原野。

我的灯和酒坛上落满灰尘

而遥远的路程上却干干净净

我站在元月七日的大雪中，还是四年以前的我

我站在这里，落满了灰尘，四年多像一天，没有变动

大雪使屋子内部更暗，待到明日天晴

阳光下的大雪刺痛人的眼睛，这是雪地，使人羞愧

一双寂寞的黑眼睛多想大雪一直下到他内部

雪地上树是黑暗的，黑暗得像平常天空飞过的鸟群

那时候你是愉快的，忧伤的，混沌的

大雪今日为我而下，映照我的肮脏

我就是一把空空的铁锹

铁锹空得连灰尘也没有

大雪一直纷纷扬扬

远方就是这样的，就是我站立的地方

遥
远
的
路
程

——十四行献给 89 年初的雪

黎明　（之一）　——（阿根廷请不要为我哭泣）

我的混沌的头颅

是从哪里来的

是从哪里来的运货马车，摇摇晃晃

不发一言，经过我的山冈

马车夫像上帝一样，全身肮脏

伏在自己的膝盖上

抱着鞭子睡去的马车夫啊

抬起你的头，马车夫

山冈上天空望不到边

山冈上天空这样明亮

我永远是这样绝望

永远是这样

你的泪水为我洗去尘土和孤独

你的泪水为我在飞机场周围的稻谷间珍藏

酒杯，你这石头的少女，你这石头的牢房，石头的伞

酒，石头的牢房囚禁又释放的满天奔腾的闪电

昨天一夜明亮的闪电使我的杯子又满又空

看哪！河水带来的泥沙堆起孤独的房屋

看哪！你的房子小得像一只酒杯

你的房子小得像一把石头的伞

多云的天空下　潮湿的风吹干的道路

你找不到我，你就是找不到我，你怎么也找不到我

在昔日山坡的羊群中

酒

杯

酒杯，你是一间又破又黑的旧教室

淹没在一片海水

桃

花

桃花开放
像一座囚笼流尽了鲜血
像两只刀斧流尽了鲜血
像刀斧手的家园
流尽了鲜血

花儿为什么这样红
像一座雪山壮丽燃烧

我的囚笼起火
我的牢房坍塌
一根根锁链和铁条　戴着火
投向四周黑暗的高原

一九八七年十一月一日草稿
一九八八年二月五日改　　辑四　春天，十个海子

内脏外的太阳

照着内脏内的太阳

寂静

血红

九个公主

九个发疯的公主身体内部的黑夜

也这样寂静，血红

桃树林，你的黑铁已染上了谁的血

打碎了灯，打碎了头颅，打碎了女人流血的月亮

他的内脏抱住太阳

什么是黑夜？

黑夜的前面首先是什么？

黑夜的后面又紧跟着什么？紧跟着谁？

内脏外的太阳

照着寂静的稻麦

田野上圆润的裸体

少女的黄金在内部流淌

桃

树

林

一九八八年草稿

一九八九年三月十五日改　　　海子画传：面朝大海　春暖花开　　　　186

春

天

春天的时刻上登天空
舐着十指上的鲜血
春天空空荡荡
培养欲望　鼓吹死亡

风是这样大
尘土这样强暴
再也不愿从事埋葬
多少头颅破土而出

春天，残酷的春天
每一只手，每一位神
都鲜血淋淋
撕裂了大地胸膛

太阳啊
你那愚蠢的儿子呢
他去了何方
天空如此辽阔
烧死在悲痛的表面
大海啊
这阳光闪烁
的悲痛表面

秋天的儿子

他去了何方

千秋万代中那唯一的儿子

去了何方？

女儿内心充满仇恨和寒冷

想念你，爱着你，但看不见你

她没有你就像天空没有边缘

天空空空荡荡，一派生机

我们无可奈何

我们无法活在悲痛的中心

天空上的光明

你照亮我们

给我们温暖的生命

但我们不是为你而活着

我们活着只为了自我

也只有短暂的一个春天的早晨

愿你将我宽恕

愿你在这原始的中心安宁而幸福地居住

你坐在太阳中央把斧子越磨越亮，放着光明

愿你在一个宁静的早晨将我宽恕

将我收起在一个光明的中心

愿我在这个宁静的早晨随你而去

忘却所有的诗歌

我会在中心安宁地居住，就像你一样

把他的斧子越磨越亮，吃，劳动，舞蹈

沉浸于太阳的光明

在羊群踩出的道上是羊群的灵魂蜂拥而过

在豹子踩出的道上是豹子的灵魂蜂拥而过

哪儿有我们人类的通道

有着锐利感觉的斧子

像光芒　　在我胸口

越磨越亮

太阳的波浪

隐隐作痛

我进入太阳

粗糙而光明

那前一个夜晚

人类携带妻子

疯狂奔跑四散

这是春天

这是最后的春天

他们去了何方？

天空辽阔

低垂黄昏

人类破碎

我内心混沌一片

我面对着春天

我就是她的鲜血和黑暗

我内心浑浊而宁静

我在这里粗糙而光明

大地啊

你过去埋葬了我

今天又使我复活

和春天一起

沉默在我内部

天空之火在我内部

吹向旷野

旷野自己照亮

在最后的时刻　海底

在最后的黎明之前　他们去了何方？

一九八七年七月草稿
一九八八年二月二稿
一九八九年三月三稿

春天，
十个海子

春天，十个海子全部复活

在光明的景色中

嘲笑这一个野蛮而悲伤的海子

你这么长久地沉睡究竟为了什么？

春天，十个海子低低地怒吼

围着你和我跳舞，唱歌

扯乱你的黑头发，骑上你飞奔而去，尘土飞扬

你被劈开的疼痛在大地弥漫

在春天，野蛮而悲伤的海子

就剩下这一个，最后一个

这是一个黑夜的孩子，沉浸于冬天，倾心死亡

不能自拔，热爱着空虚而寒冷的乡村

那里的谷物高高堆起，遮住了窗户

他们把一半用于一家六口人的嘴，吃和胃

一半用于农业，他们自己的繁殖

大风从东刮到西，从北刮到南，无视黑夜和黎明

你听说的曙光究竟是什么意思

一九八九年三月十四日
凌晨3点—4点

黑夜的诗

黑夜从大地上升起　　　　　　草杈闪闪发亮，稻草堆在火上
遮住了光明的天空　　　　　　稻谷堆在黑暗的谷仓
丰收后荒凉的大地　　　　　　谷仓中太黑暗，太寂静，太丰收
黑夜从你内部上升　　　　　　也太荒凉，我在丰收中看到了阎王的眼睛

你从远方来，我到远方去　　　黑雨滴一样的鸟群
遥远的路程经过这里　　　　　从黄昏飞入黑夜
天空一无所有　　　　　　　　黑夜一无所有
为何给我安慰　　　　　　　　为何给我安慰

丰收之后荒凉的大地　　　　　走在路上
人们取走了一年的收成　　　　放声歌唱
取走了粮食骑走了马　　　　　大风刮过山冈
留在地里的人，埋得很深　　　上面是无边的天空

海子母亲在 2012 年第一届秦皇岛海子诗歌艺术节留影

海子母亲和海子弟弟参加首届海子诗歌奖颁奖仪式

2014 年 6 月，北京师范大学中国当代新诗研究中心举办首届海子诗歌奖颁奖仪式

2015 年端午节第二届海子诗歌奖颁奖典礼（在福建福清市）

2015 年 9 月，泰山学院海子诗歌朗诵会

海子大弟弟在第三届海子诗歌奖颁奖典礼上朗诵海子的诗

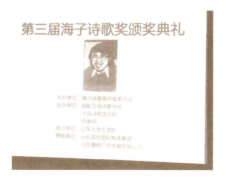

在山东举办的第三届海子诗歌奖颁奖典礼

第四届海子诗歌艺术节在秦皇岛市举办

在秦皇岛举办的第五届海子诗歌艺术节开幕式

第五届海子诗歌艺术节开幕式会场

第五届海子诗歌艺术节部分嘉宾在海子石前献花

第五届秦皇岛海子诗歌艺术节部分嘉宾在海子石前合影

海子北大同系同届同学郭巍参加第五届秦皇岛海子诗歌艺术节时在海子石前留影

2016 年 3 月，海子大弟弟与海子北大同班好友郭巍在海子石前合影

秦皇岛第 5 届海子诗歌艺术节海子生前好友同学郭巍与作家网总编赵智合影

秦皇岛第五届海子诗歌艺术节嘉宾合影

秦皇岛画家赠给海子母亲的油画

泰山学院海子诗歌朗诵会

辑 五 日 记

今夜我只有美丽的戈壁 空空

姐姐，今夜我不关心人类，我只想你

春

你迎面走来

冰消雪融

你迎面走来

大地微微颤栗

大地微微颤栗

曾经饱经忧患

在这个节日里

你为什么更加惆怅

天

野花是一夜喜筵的酒杯

野花是一夜喜筵的新娘

野花是我包容新娘

的彩色屋顶

白雪抱你远去

全凭风声默默流逝

春天啊

春天是我的品质

黎明

黎明以前的深水杀死了我。

月光照耀仲夏之夜的脖子
秋天收割的脖子。我的百姓

秋天收起八九尺的水
水深杀我，河流的丈夫
收起我的黎明之前的头

黎明之前的亲人抱玉入楚国
唯一的亲人
黎明之前双腿被砍断

秋天收起他的双腿
像收起八九尺的水

那是在五月。黎明以前的深水杀死了我

让我来告诉你

她是一位美丽结实的女子

蓝色小鱼是她的水罐

也是她脱下的服装

她会用肉体爱你

在民歌中久久地爱你

你上上下下瞧着

你有时摸到了她的身子

你坐在圆木头上亲她

每一片木叶都是她的嘴唇

但你看不见她

你仍然看不见她

她仍在远处爱着你

大   自   然

七月不远

——给青海湖，请熄灭我的爱情

月不远

性别的诞生不远

爱情不远——马鼻子下

湖泊含盐

因此青海不远

湖畔一捆捆蜂箱

使我显得凄凄迷人：

青草开满鲜花

青海湖上

我的孤独如天堂的马匹

（因此，天堂的马匹不远）

我就是那个情种：诗中吟唱的野花

天堂的马肚子里唯一含毒的野花

（青海湖，请熄灭我的爱情！）

野花青梗不远，医箱内古老姓氏不远

（其他的浪子，治好了疾病

已回原籍，我这就想去见你们）

因此跋山涉水死亡不远

骨骼挂遍我身体

如同蓝色水上的树枝

啊，青海湖，暮色苍茫的水面

一切如在眼前！

只有五月生命的鸟群早已飞去

只有饮我宝石的头一只鸟早已飞去

只剩下青海湖，这宝石的尸体

暮色苍茫的水面

一九八六年　　　　　　辑五　日记

敦煌是千年以前
起了大火的森林
在陌生的山谷
是最后的桑林——我交换
食盐和粮食的地方
我筑下岩洞，在死亡之前，画上你
最后一个美男子的形象
为了一只母松鼠
为了一只母蜜蜂
为了让她们在春天再次怀孕

敦煌石窟像马肚子下
挂着一只只木桶
乳汁的声音滴破耳朵——
像远方草原上撕破耳朵的人
来到这最后的山谷
他撕破的耳朵上
悬挂着花朵

敦煌

云

朵

西藏村庄

神秘的村庄

忧伤的村庄

你躺倒在路上

你不姓李也不姓王

你嫁给的男人

脾气怎么样

神秘的村庄

忧伤的村庄

你生了几个儿子

有哪些闺女已嫁到远方

神秘的村庄

忧伤的村庄

当经幡吹响

你多像无人居住的村庄

当经幡五颜六色如我受伤的头发迎风飘扬

你多像无人居住的村庄

当藏族老乡亲在屋顶下酣睡

你多像无人居住的村庄

像周围的土墙画满慈祥的佛像

你多像无人居住的村庄

黎明：一首小诗

黎明

我挣脱

一只陶罐

或大地的边缘

我的双手　向着河流飞翔

我挣脱一只刻画麦穗的陶罐　太阳

我看见自己的面容　火焰

在黎明的风中飘忽不定

我看见自己的面容

火焰　像一片升上天空的大海

像静静的天马

向着河流飞翔

一九八五年草稿
一九八七年改

野
花

野花
和平与情歌
的村庄
女儿的女儿
野花

中国丁香的少女！
在林中酣睡
长发似水
容貌美丽无比
你是囚禁在一颗褐色星球上孤独的情人！

野兽的琴
各色小鸟秘密的隐衷
大地彩色的屋顶
太小太美
如心

心啊
雨和幸福
的女儿
水滴爱你
伴侣爱你
我爱你
野花自己也爱你

槐树在山脚开花

我们一路走来

躺在山坡上　感受茫茫黄昏

远山像幻觉　默默停留一会

摘下槐花

槐花在手中放出香味

香味　来自大地无尽的忧伤

大地孑然一身　至今仍孑然一身

这是一个北方暮春的黄昏

白杨萧萧　草木葱茏

淡红色云朵在最后静止不动

看见了饱含香脂的松树

是啊，山上只有槐树　杨树和松树

我们坐下　感受茫茫黄昏

莫非这就是你我的黄昏

麦田吹来微风　顷刻沉入黑暗

北
方
的
树林

晨雨

时　　　　　　　光

小马在草坡上一跳一跳
这青色麦地晚风吹拂
在这个时刻　我没有想到
五盏灯竟会同时亮起

青麦地像马的仪态　随风吹拂
五盏灯竟会一盏一盏地熄灭

往后　雨会下到深夜　下到清晨
天色微明
山梁上定会空无一人

不能携上路程
当众人齐集河畔　高声歌唱生活
我定会孤独返回空无一人的山峦

昌平柿子树

柿子村
镇子边的柿子树

枝叶稀疏的秋之树
我只能站在路口望着她

在镇子边的小村庄
有两棵秋天的柿子树

柿子树下
不是我的家

秋之树
枝叶稀疏的秋之树

秋

日

我手捧秋天脱下的盔甲

崇山峻岭大火熊熊

秋天宛若昨天的梦境

我们脱落的睫毛　在山谷变成火把

照亮百花凋零的山谷

把她们变幻无常的一生做成酒精

那是秋天的灯　凛然神采坐在远方

那是醉卧荒山野岭的我们……

……饱经四季的摧残

在山谷，我们的头颅在夜里变成明亮的灯盏和酒杯

相互照亮和祝福之后

此刻我们就要逃遁

山

谷

九月的云

九月的云
展开殓布

九月的云
晴朗的云

被迫在盘子上，我
刻下诗句和云

我爱这美丽的云

水上有光
河水向前

我一向言语滔滔
我爱着美丽的云

一九八六年

火焰的顶端

落日的脚下

茫茫黄昏　华美而无上

在秋天的悲哀中成熟

日落大地　大火熊熊　烧红地平线滚滚而来

使人壮烈　使人光荣与寿同在　分割黄昏的灯

百姓一万倍痛感黑夜来临

在心上滚动万寿无疆的言语

时间的尘土　抱着我

在火红的山冈上跳跃

没有谁来应允我

万寿无疆或早夭襁褓

相反的是　这个黄昏无限痛苦

无限漫长　令人痛不欲生

切开血管

落日殷红

愿有情人终成眷属

愿爱情保持一生

或者相反　极为短暂　匆匆熄灭

愿我从此再不提起

再不提起过去

痛苦与幸福

生不带来　死不带去

唯黄昏华美而无上。

秋

日

黄

昏

一九八七年九月三日草稿

一九八七年十月四日改

我死于语言和诉说的旷野

是的，这些我全都听见。虽然

草原神秘异常

秋天，美丽处女是竖起风暴的花纹

星

虽说一个断臂的人

不能用手

却可以用牙齿

和嘴唇　打开我的诗集——

那是在大火中

那就是星

是——他是你们的哥哥。

诗人高喊

带火者，上山来！

牵着骆驼

的鬼魂

出现在黄昏

星

我是多么爱你

不爱那些鬼魂

亮，喂养耳朵的宝石

杯子，水中的鸡群

草，那嘴唇的发动——花朵

日子，闪电中的七人

原野，用木头送礼

天空，空中散布的白云之药，活动着母亲之卧室

星星，黑色寨子中的夫人，众夫人，胳膊刺花

火种，一只老虎游过皮肤，露出水面

海

底

卧

室

火的叫声传来

火的叫声微弱

山坡上牛羊拥挤

想起你使我眩晕

*

英雄的猎人

拥着一家酒店

坐在白雪中

心中的黑夜寒冷

一九八八年二月十日故乡

*

在黑夜里为火写诗

在草原上为羊写诗

在北风中为南风写诗

在思念中为你写诗

冬

天

*

夜的中心幽暗

边缘发亮　寒冷

这是　火儿

照亮雪山和马

*

大地薄弱

两端锋利

使中心幽暗

难以分辨

夜在日喀则，上半夜下起了小雨

只有一串北方的星，七位姐妹

紧咬雪白的牙齿，看见了我这一对黑翅膀

北方的七星　照不亮世界

牧女头枕青稞独眠一天的地方今夜满是泥泞

今夜在日喀则，下半夜天空满是星辰

但夜更深就更黑，但毕竟黑不过我的翅膀

今夜在日喀则，借床休息，听见婴儿的哭声

为了什么这个小人儿感到委屈，是不是因为她感到了黑夜中的幸福

黑翅膀

愿你低声啜泣　但不要彻夜不眠

我今夜难以入睡是因为我这双黑过黑夜的翅膀

我不哭泣　也不歌唱　我要用我的翅膀飞回北方

飞回北方　北方的七星还在北方

只不过在路途上指示了方向，就像一种思念

她长满了我的全身在烛光下酷似黑色的翅膀

一九八八年七月（？）　　　辑五　日记

千辛万苦回到故乡

我的骨骼雪白　也长不出青稞

雪山，我的草原因你的乳房而明亮

冰冷而灿烂

我的病已好

雪的日子　我只想到雪中去死

我的头顶放出光芒！

有时我背靠草原

马头作琴　马尾为弦

戴上喜马拉雅　这烈火的王冠

有时我退回盆地，背靠成都

人们无所事事，我也无所事事

只有爱情　剑　马的四蹄

割下嘴唇放在火上

大雪飘飘

不见昔日肮脏的山头

都被雪白的乳房拥抱

深夜中　火王子　独自吃着石头　独自饮酒

雪

青海湖

这骄傲的酒杯　　　　　　　　一只骄傲的酒杯

为谁举起　　　　　　　　　　青海的公主　请把我抱在怀中

荒凉的高原　　　　　　　　　我多么贫穷，多么荒芜，我多么肮脏

　　　　　　　　　　　　　　一双雪白的翅膀也只能给我片刻的幸福

天空上的鸟和盐　为谁举起

　　　　　　　　　　　　　　我看见你从太阳中飞来

波涛从孤独的十指退去　　　　蓝色的公主　青海湖

白鸟的岛屿，儿子们围住　　　我孤独的十指化为天空上雪白的鸟

在相距遥远的肮脏镇上。

日 落 时 分 的 部 落

日落时分的部落
晚霞映着血红的皇后

夜晚的血，梦中的火
照亮了破碎的城市
北京啊，你城门四面打开，内部空空
在太平洋的中央你眼看就要海水灭顶

海水照亮这破碎的城，北京
你这日落时分的部落凄凉而尖锐
皇后带走了所有的蜜蜂
这样的日子谁能忍受

日落时分的部落，血污涂遍全身
在草原尽头，染红了遥远时秋天
她传下这些灾难，传下这些子孙
躲避灾难，或迎着灾难走去

秋天的火把断了　是别的花在开放

冬天的火把是梅花

现在是春天的火把

被砍断

悬在空中

寂静的

抽搐四肢

罩住一棵树　树林根深叶茂　花朵悬在空中

零散的抒情小诗像桃树　散放在山丘上

桃花抽搐四肢倒在我身上

桃　　　花

开　　　放

桃花开放

从月亮飞出来的马

钉在太阳那轰轰隆隆的春天的本上

一九八七年草稿

一九八九年三月十四日改　　　辑五　日记

太平洋的献诗

太平洋　丰收之后的荒凉的海

太平洋　在劳动后的休息

劳动以前　劳动之中　劳动以后

太平洋是所有的劳动和休息

茫茫太平洋　又混沌又晴朗

海水茫茫　和劳动打成一片

和世界打成一片

世界头枕太平洋

人类头枕太平洋　雨暴风狂

上帝在太平洋上度过的时光　是茫茫海水隐含不露的希望

太平洋没有父母　在太阳下茫茫流淌　闪着光芒

太平洋像是上帝老人看穿一切、眼角含泪的眼睛

眼泪的女儿，我的爱人

今天的太平洋不是往日的海洋

今天的太平洋只为我流淌　为着我闪闪发亮

我的太阳高悬上空　照耀这广阔太平洋

一九八九年二月二日　　　海子画传：面朝大海　春暖花开

献诗

黑夜降临，火回到一万年前的火

来自秘密传递的火　他又是在白白地

燃烧

火回到火　黑夜回到黑夜　永恒回到

永恒

黑夜从大地上升起　遮住了天空

海子家人与中国作协副主席吉狄马加在青海德令哈海子青年诗歌节上合影

（从左至右依次是海子小弟查舜君，怀宁县文联主席钱续坤，中国作协副主席吉狄马加，海子大弟查曙明，海子堂妹查平生）

青海省德令哈市海子诗歌陈列馆里的海子照片

青海省德令哈市海子诗歌陈列馆前海子的诗刻

诗歌剧海报

山东大学海子诗歌朗诵会

在海子诗歌艺术节上集体朗诵海子的诗

带着海子的诗登上玉珠峰的广州来客,两位珍藏海子诗的爱好者,相聚查湾海子故居。
今天他们带着帐篷,在海子墓与海子共眠一夜。

辑六　梭罗这人有脑子

梭 罗 这 人 有 脑 子

像 鱼 有 水 、 鸟 有 翅

云 彩 有 天 空

阿尔的太阳

————给我的瘦哥哥

"一切我所向着自然创作的，是栗子，从火中取出来的啊，

那些不信仰太阳的人是背弃了神的人。"

到南方去

到南方去

你的血液里没有情人和春天

没有月亮

面包甚至都不够

朋友更少

只有一群苦痛的孩子，吞噬一切

瘦哥哥凡·高，凡·高啊

从地下强劲喷出的

火山一样不计后果的

是丝杉和麦田

还是你自己

喷出多余的活命的时间

其实，你的一只眼睛就可以照亮世界

但你还要使用第三只眼，阿尔的太阳

把星空烧成粗糙的河流

把土地烧得旋转

举起黄色的痉挛的手，向日葵

邀请一切火中取栗的人

不要再画基督的橄榄园

要画就画橄榄收获

画强暴的一团火

代替天上的老爷子

洗净生命

红头发的哥哥，喝完苦艾酒

你就开始点这把火吧

烧吧

丽如同花园的女诗人们
相互热爱，坐在谷仓中
用一只嘴唇摘取另一只嘴唇

我听见青年中时时传言道：萨福

一只失群的
钥匙下的绿鹅
一样的名字。盖住
我的杯子

托斯卡尔的美丽的女儿
草药和黎明的女儿
执杯者的女儿

你野花
的名字
就像蓝色冰块上
淡蓝色的清水溢出
萨福萨福
红色的云缠在头上
嘴唇染红了每一片飞过的鸟儿
你散着身体香味的
鞋带被风吹断
在泥土里

谷色中的嘤嘤之声
萨福萨福
亲我一下

你装饰额角的诗歌何其甘美
你凋零的棺木像一盘美丽的
棋局

给　萨　福

给安徒生　　（组诗）

1.

让我们砍下树枝做好木床

一对天鹅的眼睛照亮
一块可供下蛋的岩石

让我们砍下树枝做好木床
我的木床上有一对幸福天鹅
一只匆匆下蛋，一只匆匆死亡

2.

天鹅的眼睛落在杯子里
就像日月落在大地上

梭罗这人有脑子

（组诗）

1.

梭罗这人有脑子
像鱼有水、鸟有翅
云彩有天空

2.

好在这人不是女性
否则会有一对
洁白的冬熊
摇摇晃晃上路
靠近他乳房
凑上嘴唇

3.

梭罗这人有脑子
梭罗手头没有别的
抓住了一根棒木
那木棍揍了我
狠狠揍了我
像春天揍了我

5.

梭罗这人有脑子
用鸟巢做邮筒
两封信同时飞到
还生下许多小信
羽毛翩跹

4.

梭罗这人有脑子
看见湖泊就高兴

6.

梭罗这人有脑子
不言不语让东窗天亮西窗天黑
其实他哪有窗子

梭罗这人有脑子
不言不语又做男人又做女人
其实生下的儿子还是他自己

7.

灯火的屋中
梭罗的盔
——一卷荷马

这人有脑子
以雪代马
渡我过水

8.

梭罗这人有脑子
月亮照着他的鼻子

9.

那个抒情的鼻子
靠近他的脑子
靠近他深如树林的眼睛
靠近他饮水的唇
　　（愿饮得更深）

构成脑袋
或者叫头

10.

白天和黑夜
像一白一黑
两只寂静的猫
睡在你肩头

你倒在林间路途上

让床在木屋中生病

梭罗这人有脑子
让野花结成果子

11.

梭罗这人有脑子
像鱼有水、鸟有翅
云彩有天空

梭罗这人就是
我的云彩，四方邻国
的云彩，安静
在豆田之西
我的草帽上

12.

太阳，我种的
豆子，凑上嘴唇
我放水过河

梭罗这人有脑子

梭罗的盔
——一卷荷马

给　　托　尔　斯　泰

我想起你如一位俄国农妇暴跳如雷

补一只旧鞋的

手

时时停顿

这手掌混同于

兵士的臭脚、马肉和盐

你的灰色头颅一闪而过

教堂的裸麦中央

北方流注的河流马的脾气暴跳如雷

胸膛上面排排旧俄的栅栏暴跳如雷

低矮的天空、灯火和农妇暴跳如雷

吹灭云朵

吹灭火馅

吹灭灯盏

吹灭一切妓女

和善良女人的

嘴唇

你可以耕地，补补旧鞋

你可以爱他人，读读福音书

我记得陈旧的河谷端坐老人

端坐暴跳如雷的老人

在冬天放火的囚徒

无疑非常需要温暖

这是亲如母亲的火光

当他被身后的几十根玉米砸倒

在地，这无疑又是

富农的田地

给 卡 夫 卡 ——囚 徒 核 桃 的 双 脚

当他想到天空

无疑还是被太阳烧得一干二净

这太阳低下头来，这脚镣明亮

无疑还是自己的双脚，如同核桃

埋在故乡的钢铁里

工程师的钢铁里

但　丁　来　到　此　时　此　地

自杀者各自逃离树枝
但丁来到此时此地
自杀者各自逃离树枝

罪人在地狱
像荒山上嵌住的闪闪发光的钻石

感情只是陪伴我的小灯
时明时灭的地狱之门

树桠裂开，浅水灌耳
在香气的平原上
贝亚德丽丝
你站在另一头，低声唱歌

我的鳞片剥落
魂入肉体
巨大的灵找自由的河流
一些白色而善良
的草秸
里面埋葬野兽经常的抖动
贝亚德丽丝
的指引
卧室或劳动的市民的圣母

美丽阳光

献给韩波： 诗歌的烈士

对月亮

反对月亮肚子上绿色浇灌天空

韩波，我的生理之王

韩波，我远嫁他方的姐妹早夭之子

韩波，语言的水兽和姑娘们的秘密情郎

韩波在天之巨大下面——脊背拆裂

上路，上路韩波如醉舟

不顾一切地上路

韩波如装满医生的车子

远方如韩波的病人

远方如树的手指怀孕花果

反对老家的中产阶级

韩波是野兽睫毛上淫荡的波浪

村中的韩波

毒药之父

（1864—1891）

埋于此：太阳

海子的诗

石头错落在校园东南角的草坪上

北大政法学院昌平学区所刻的海子诗纪念石。

大理石面，涟漪，鲜花，面朝大海，春暖花开。

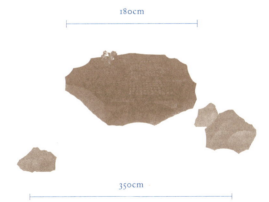

《面朝大海　春暖花开》

年份：2015 年

材料：花岗岩，铜

地点：校园东南角

捐赠：五六级校友 - 吴昌年

方案设计：中央美术学院 - 王思顺

尽管已入深秋，小草依旧峥嵘。虽然不能面朝大海，来年一定春暖花开

海子诗歌奖终审地（北京师范大学国际写作中心）

《夏日里长成的女性》—惠风诗印象（代序）。这是世中人汉诗馆收藏的。海子在中国政法大学《星尘》诗刊增刊上，为女诗人惠风的《惠风的诗》所写的一篇序言。这也是目前为止，人们所见和所知道的海子唯一为别的诗人诗集所写的序言！

海子弟弟赠送中国诗歌春晚诗集《面朝大海　春暖花开》。此书由作家出版社出版

后记

一个真实的海子，
和海子弟弟眼里的真实世界

随着年龄的增长，我的怀旧情结越来越强，不时想起少年时在老家农村与哥哥海子相处的日子。

上初中那年，我读了鲁迅先生的《从百草园到三味书屋》，很是手痒。放寒假了，一个下雪天，我拉着海子，在老屋门前扫出一块空地，用一根系着细绳的木棍顶起一扇竹器，在下面撒一把稻谷，学闰土抓鸟雀。我没耐心，等不来鸟雀，已去别处玩耍，海子却默默收拾地上的稻谷。为此，我挨了母亲教落，让我向海子学习，要珍惜粮食。海子去世后，读他的《粮食两节》中的句子"……粮食，头上是火，下面或整个身躯是嘴，张开大火熊熊的头颅和嘴"，才知道，海子一直对粮食存有敬畏和感恩。海子曾经的中国政法大学同事理波大哥来我家做客，同堂姐查平生聊到海子的《面朝大海 春暖花开》的创作灵感。理波大哥说，有一天，他与海子去菜市场买菜，看到菜农的艰辛，海子回来后就写了《面朝大海 春暖花开》。对此，我不置可否。

我更赞同诗人藏棣的观点。他说，海子的诗，首先是存在之诗。海子虽然来自农村，但，粮食，村庄，农耕场景，在海子的诗中，可以理解为一种诗的原始场景。在根本上，它们体现的是海子对生存的真相和生命的本质的理解甚至洞察，展现的是他对人类的生存本质的思索，以及对生命的真谛的吁请！

也许正是因此，海子的诗歌得到越来越多国人特别是年轻人的喜爱。在他逝世后的二十多年间，几乎每年都有新编选的海子诗集出版，而每年3月的海子祭日更成为文学青年的重要节日之一。

2015年4月，出版人孙业钦先生一行，特意来到海子家乡与海子父母商谈海子抒情诗集《面朝大海 春暖花开》的出版事宜。孙业钦先生的虔诚，以及他对海子的膜拜，深深地感动了我们，我们决定授权最珍贵的海子的诗集版本。

这本画传，海子父亲将亲自独家授权，海子母亲亲自为其题字——"面朝大海 春暖花开"，海子弟弟我将亲自作序。

这本新版的海子抒情诗集全面、新颖，不但收集了海子抒情诗中的绝大部分，更以爱情、信仰、成长、旅行、读书等主题分类编辑，有助于读者更为清晰地理解海子的诗歌理念。著名出版人孙业钦更是在二年时间内与海子家属面对面交流多次，在对海子的家庭成员、朋友和同事采访的基础上，搜集到数百张海子本人的珍贵照片及其家人参加全国各地纪念海子活动的照片。

这些照片，将一一在书中呈现一个丰满的海子！

这一次，将前所未有地用他的照片讲述他自己的人生、自己的故事。

——讲述他的平凡，他的遗憾，他的脆弱，以及他对家人说不出口却一生难舍的感情。这本书，不是教科书里的海子，也不是新闻里的海子。我们通过大量图片及海子的诗篇，想让世人看到他，聆听他想要传达给我们，却从未能亲口说出的话，走进他从未被尘世击垮的美好心灵，还原一个你熟悉却不一定了解的海子！

诗歌必须和生存情绪联系在一起才会产生力量。因而，这本书里始终充满了一种浓浓的热情怀旧的意蕴，照片里则始终氤氲着的是他所留恋的那个世界！读者阅读海子的诗，结合各自的生存状态，与海子诗意互动，才能引发共鸣！因此，我认为，这本设计别致的海子诗集，是一个值得珍藏的好版本。

像很多朝圣者一样，我陪孙业钦先生来到海子墓前，虔诚地朗诵海子诗歌，表达了对诗歌的无比热爱和对诗人的无限崇敬！为此，我代表海子家人，向所有海子作品的读者致敬！

查曙明

二〇一五年八月